イントレランスの祭／
ホーボーズ・ソング～スナフキンの手紙Neo～

鴻上尚史

Festival of the Intolerance / Hobo's Song
written by
KOKAMI Shoji

論創社

まえがき

「イントレランス」とは、「不寛容」という意味です。

『イントレランスの祭』という作品を書こうと思ったきっかけのひとつは、『ネットと愛国』（安田浩一著　講談社文庫）という本との出会いです。ヘイトスピーチを繰り返す集団についての徹底的なルポルタージュを読んだ僕は激しく刺激されました。そこには、憎しみや怒りや哀しみ、希望、そして、不寛容など人間のさまざまな面が描かれていました。

特に僕は、人間の「不寛容」について考え込みました。

それは、この本を読む前から、自分自身がじつに「不寛容」になっていると感じていたからです。

例えば、電車から降りる時です。駅に着いてドアが開いても、ドアの前に立ち、動かない人がいます。降りる進路をふさがれた時、無性に苛立つ自分を発見するのです。

自分の怒りの感情の強さに自分で驚き、昔はこんなにひりひりしていただろうかと思うのです。

ツイッターでまったく関係のない人から突然ぞんざいな口調で突っ込まれた時も、電車の中ですぐ傍で大声で電話で話された時も、並んでいた列に割り込みされた時も、激しく苛立つ自分を自覚するのです。

そして、いつからこんなに腹を立てるようになったのだろうと思うのです。

それが『イントレランスの祭』を書く、直接の動機でした。

『イントレランスの祭』は、まず、２０１２年、『虚構の劇団』の第８回公演として、次に２０１６年、『KOKAMI@network』の第14回公演として上演されました。

今まで、『第三舞台』の作品を『虚構の劇団』で上演することはありましたが、『虚構の劇団』の作品を、ネットワークなど外部で上演することはありませんでした。今回、２０１６年に上演しようと思ったのは、世界の「不寛容」の度合いがますます強くなっていると感じたからです。

このテキストは、基本的に２０１６年版ですが、基本的な構造は、２０１２年版と同じです。

ネットワークの初日にあわせて出版するために、２０１６年の「ごあいさつ」は載せられませんでした。もし、重版する時がきたら、その時は載せられると思います。

「ホーボーズ・ソング」とは、直訳すれば「さすらい人の歌」です。日本語の「方々（ほうぼう）」が語源なんじゃないかという説もあります。方々に行く人だから、さすらい人、ホーボーです。

日本自体が、さすらっているようだなあと感じて、このタイトルにしました。サブタイトルとの関連は、「ごあいさつ」に書きました。『虚構の劇団』の第11回公演として、２０１５年に上演しました。

偶然にも、両方ともＳＦというか「もうひとつの日本」という設定になりました。

二本とも、楽しんでいただければ幸いです。ごゆっくり、お楽しみ下さい。

鴻上尚史

目次

まえがき　i

虚構の劇団版『イントレランスの祭』ごあいさつ　3

イントレランスの祭

『ホーボーズ・ソング——スナフキンの手紙Neo』ごあいさつ　227

ホーボーズ・ソング——スナフキンの手紙Neo

あとがき　または上演の手引き　453

上演記録　461

イントレランスの祭

虚構の劇団版『イントレランスの祭』ごあいさつ

この劇場、シアターサンモールで芝居をやらせてもらうのは、僕自身2回目です。

今から15年ほど前、オーディションをして集まってもらった若者達と共に『天使は瞳を閉じて』をベースにした『コーマ・エンジェル』という作品を上演しました。

二十代前半の堺雅人さんも出演していました。その上演後、一週間ほどで、僕は1年間のイギリス留学に出発しました。

イギリスでは『ロード・オブ・ザ・リング』でブレイクしたオーランド・ブルームがクラスメイトだったり、去年、僕の『ハルシオン・デイズ』のロンドン公演の演出助手をつとめてくれたレイモンドと知り合ったりと、楽しいことがありました。で、当然、光があれば影があるようにやっかいなこともありました。

一番のやっかいなことは、言葉の問題でした。授業中の英語は、半分ぐらいはなんとか分かりました。重要なことを話すときは、日本語でも比較的ゆっくりになるので理解できました。けれど、休み時間になったらもうダメです。イギリス人のクラスメイトは、自分たちの速度で、自分たちのスラングで自由に話すのです。会話の90%が分からないこともありました。

最初の数週間は「日本から来たトモダチ」として、優しく扱ってくれましたが、やがて日常というバケモノの中では特別扱いがなくなりました。

話題を振られても「え？　もう一回、言ってくれない？」を連発していれば、やがて、話しかけられることもなくなります。そして、こいつに話しを振ってもムダとなれば、集団の中でぽつんと浮き上がるようになります。

イギリス人のクラスメイトを責めているのではありません。日本人の私達だって、間違いなく、同じことをするでしょう。いえ、外国人に慣れていない私達は、もっときっぱりと放り投げるかもしれません。日常生活のキャッチボールができないと、だんだんと構われなくなるものです。

最初の一カ月ぐらいは、中庭でみんなで輪になって昼食のサンドイッチをほおばりました。この時は一回発言すればなんとか参加している感じがしました。が、みんなの輪が崩れ、個人的に

2人や3人で話し込む昼食になれば、お手上げになりました。

三カ月を過ぎると、僕は休み時間はなるべく1人になるようにしました。

授業中の英語で疲れ切った頭に、さらに休み時間特有の、多様で早く難解な英語のシャワーを浴びる気持ちにはなれなかったのです。

あえて書きますが、授業中はがんばりました。細かい英語が分からなくても、長年の演出家の経験があるので、卑屈にもならず、時には笑いを取ったりしながらがんばりました。

だからこそ、休み時間は脳の休息のために1人になりたいと思いました。

まあ、僕は演出家なので1人には慣れています。稽古の後、役者たちが集まって飲みに行き、スタッフが集まって飲みに行き、ぽつんと残されることはそんなに苦痛ではありませんでした。

ロンドンに行った時は、そんな生活を20年ぐらい続けていた時でした。

休み時間、誰も来ないベンチで1人になり、ほっとため息をつき、とりあえず、生き延びたと安堵しました。

けれど、もう1人の僕が「こんなことでいいのか」とつぶやくのです。「逃げていいのか。クラスメイトの輪の中に飛び込まなくていいのか」と。その声に押されて、中庭に出ると孤独が突きつけられました。軽い挨拶はしても、それ以上の深い話をクラスメイトから振られることはありませんでした。クラスメイトはクラスメイトなりに気をつかってくれていたのだと思います。強烈な孤独でした。1人でベンチに座っている時より、クラスメイトが何人もいる中庭で1人でいることとの方がひりひりしました。

そういう時、決まって話しかけてくるクラスメイトの男性がいました。彼は、「ショウ、大丈夫かい？」といつも微笑みました。その目には、明らかに「憐れみ」が浮かんでいました。同情する自分に対する満足感も浮かんでいました。もっとはっきり言えば、一流の白人が二流のアジア人に声をかけるというチャリティーの匂いがありました。

と、後から冷静に分析できますが、最初にその目を見た時に感じたのは、「見下されている」感覚でした。まるでお前は主人のようで、俺は使用人のようだと直感しました。

すぐに直感は確信になりました。その目で「ショウ、大丈夫かい？」と聞かれたとき、僕は反発しながら同時に嬉しいと感じました。ひりひりとした孤独の中で、声をかけてくれた彼を味方のように感じたのです。

その感情は、衝撃でした。僕は差別に嫌悪しながら、声をかけてくれてありがとうと彼に感謝している――そんな感情が自分の中に生まれたことが驚きでした。喜びと憎悪が同居する事実。

1年間の留学の時、何度もこの感覚を経験しました。屈辱的なのに嬉しいという感情は、僕の精神の深い部分に沈んでいきました。

今日はどうもありがとう。『虚構の劇団』も、旗揚げして丸五年がたちました。

大久保綾乃と高橋奈津季は人生の選択として俳優をやめると僕に話して、退団しました。変化の時期なのだと思います。

『虚構の劇団』がどこに行くのか。一作、一作、創りながら考えていくしかないのだろうと思っています。今日は来てくれて、どうもありがとう。ごゆっくりごらん下さい。んじゃ。

鴻上尚史

◉登場人物

佐渡《さわたり》健吾《けんご》
青井《あおい》蛍《ほたる》／藤原《ふじわら》遥《はるか》
青井蛍B（efore）
清水《しみず》良太《りょうた》
大石《おおいし》はづき
竹森《たけもり》和也《かずや》
ツバルトキアン／伴《ばん》将人《まさと》
平山《ひらやま》アピルム
黒井《くろい》哲志《てつじ》

女子高生
警官
日本防衛隊隊員
友愛協会員
杉田義雄
バックダンサー
女性レポーター
カメラマン
男性レポーター
（最低上演人数は9人。初演の『虚構の劇団』バージョンでは9人で上演。『KOKAMI@network』バージョンでは4人増えて、計13人。最大は、20人から30人ぐらいであろうか）

アクト1

竹森和也のオフィス。

平山アピルムが登場して、一礼。

紙芝居のような形で説明を始める。

一枚目、表紙は「ドキュメンタリー企画　イントレランスの祭」と手描きの文字で書いてある。

以下、紙芝居のようなヘタウマな絵を見せながら、

平山　えー、あなたも知っているように、6年前、突然、（宇宙人がやってくる絵を見せながら）地球に580万の宇宙人が難民として逃げてきました。（国連総会の絵）国連は緊急総会を開き、宇宙的博愛の立場から、難民宇宙人を受け入れることを決め、各国の割り当てを発表しました。（各国の人数の絵）アメリカ100万人、オーストラリア120万人、ド

イツ50万人、日本は25万人の宇宙人を引き受けました。

宇宙人は自らのことを（聞き取り不明）と名乗りました。これを強引に地球の音にすると「エピクラル人」となります（「エピクラル人」の文字）。エピクラル人は故郷エピクラル星では半固体、半流体のスライム状でしたが（スライム状の絵）、地球に住むために勇気を持って地球人の姿に変身、かっこよく言うとメタモルフォーゼしました（スライムから人間に変身する絵）。しかし、アバウトなイメージで地球人に変身した者は中途半端な形になることが多く（中途半端な地球人の絵）各地で怪物やバケモノ騒ぎを起こし、地球人との間で緊張が高まりました。

すぐに、エピクラル人は、完全な地球人の姿になるために、実在の地球人の姿を完璧にコピーし始めました（地球人そっくりにコピーして並んでいる絵）。変身には激しいエネルギーと細胞への過度の負担がかかったため、ただ一回しかできませんでした。なお、エピクラル人の気配りとしてオリジナルの地球人とばったり街で会って、オリジナルを驚かせることを避けるため（オリジナルが驚いている絵）、大阪でコピーしたら東京に、東京でコピーしたら札幌にと、生活圏を変えることが常識となりました（日本地図と転居の矢印の絵）。さらにオリジナルと区別をつけるために、ヒゲを生やしてみたり、太ってみたり、二重まぶたなどのプチ

整形をしてみたり、モヒカンなどの斬新な髪形にしてみたり（各種、いろんな努力の絵）、

竹森　そんなことはどーでもいい！

竹森和也が叫びながら登場。

竹森　役にも立たない情報をこまごまと喋ってんじゃねー！
平山　でも、大切なことだと思うんですけど、
竹森　平山、この企画プレゼンで一番大切なことはなんだ？
平山　えっ？　それは……かまず、緊張せず、楽しくやることです。
竹森　それはお前の大切なことだ！　プレゼンで一番大切なことはなんだ？
平山　それは……なんですか？
竹森　バカかお前は！　これだから、宇宙人は使えないんだよ！
平山　宇宙人は関係ないです。僕の問題です！
竹森　口答えするなら、とっとと出て行け！　プレゼンの練習したいっていうから、こっちはわざわざ時間作ったんだぞ！
平山　すみません！　教えて下さい！　お願いします！

竹森　この番組は面白そうだって思わせることだろう！　宇宙人のドキュメントなんて真面目で暗いんじゃないかって身構えている視聴者にワクワクドキドキ、楽しそうだって思わせることだろう！

平山　なるほど。

竹森　なるほどじゃねえんだ！　平山、俺はパワーポイントでプレゼン資料作れって言ったんだぞ。なんで、紙芝居なんだ？

平山　パワポ、よく分かんないんで、ここはひとつ原点に帰ろうかと思って。

竹森　お前は、原点じゃなくて、宇宙に帰れ！

平山　そんな……

竹森　平山、このプレゼンで一番の目玉はなんだ？

平山　えっ、目玉ですか……

竹森　お前たちの新しい女王だろ！　エピクラル人の女王誕生だろ！

平山　でも、まだ決まったわけじゃないですから、

竹森　はったりでいいんだよ！　はったりかまして、企画通しゃあ、テレビなんてあとはどうにでもなるんだ！

平山　なるほどのなるほど！　竹森さん、もう一回、やらせて下さい！

竹森　宇宙人がつけあがるんじゃねー！　そんな時間、あるか！　取材に行くぞ！

平山　はい！　それなりに喜んで！

竹森、去る。
平山、慌ててついてく。
音楽！
全員が旗を持って、オープニング・ダンスのようなもの。
やがて、暗転。

アクト2

繁華街の道。
佐渡健吾が路上に「詩」のお店を開いている。
小さな看板には「魂の詩と舞踏」と書いてある。
佐渡、通行人に話しかけている。

佐渡　どうですか？　言葉、いりませんか？　インスピレーションで、あなたにぴったりの言葉と踊りを差し上げます！　あなたの魂が本当に求めている言葉、書きますよ！

通行人、通りすぎていく。
女高生が二人、登場。

佐渡　魂の言葉、いりませんか？
女1　えー、なにこれ？
佐渡　あなたにぴったりの言葉と踊りをプレゼントします。
女2　やだー、これ、あれよ、相田みつをみたいなやつよ。
女1　「生きててよかった人間だもの」ってか？
女1・2　（大笑いして去ろうとする）
佐渡　どうですか？　ためしにやってみませんか？
女1　えー、いくら？
佐渡　いくらでも。あなたが値段をつけて下さい。
女2　あたし、やってみる。
佐渡　分かりました！

佐渡、大きなスケッチブックを構え、筆ペンを持って女2を見つめる。

佐渡　私の目を見て下さい。うむむ……来た！　来た！　来た！　来たー！

佐渡、スラスラと書く。

佐渡　あなたの魂が求めている言葉はこれだ！

佐渡、書いた紙を見せる。

佐渡　「今日の別腹は明日の脇腹」！
女2　なにそれ!?　全然元気にならないじゃん！
女1　サイテー！
女2　行こ、行こ。
佐渡　あ、ちょっと待って。踊りもあるんだよ。いくよ。

佐渡、「今日の別腹は〜」と歌いながら、現代舞踊にも見えなくはない不思議で珍妙な踊り。

女1　バッカじゃないの！
女2　マジ、キモイんだけど！

女1・2、去る。

佐渡　ちょっと、まだ終わってないよ！

佐渡、また通行人を見つける。

佐渡　いかがですか？　あなたにぴったりの言葉と踊りを差し上げますよ。

と、警官が一人、登場。

警官　君、またここでやってるの？
佐渡　あ。はい。
警官　ダメだって言ったでしょ。道路使用許可、取ってないんだから。
佐渡　使用許可、下りないんです。
警官　下りるわけないよ、ここは道路なんだから。次、見つけたら、逮捕するよ。
佐渡　……。
警官　さあ、やめた、やめた。

佐渡、撤収を始める。

警官　次は逮捕だよ。

警官、去る。

佐渡　……。

と、戦隊もののような格好をした清水良太と大石はづき、それに男性隊員2名が駆け込んで来る。大石は、手に長い竿についた旗（旭日旗をアレンジしたもの）。

清水　いたか!?
大石・男性隊員　いません！
清水　どこに逃げたか……。
大石　（佐渡に）今、得体の知れない奴が来なかった？
佐渡　得体の知れない奴？
男性隊員1　来たのか!?
男性隊員2　来なかったのか!?
佐渡　それが人にものを聞く態度なの？

大石　……お前、チュウか？
佐渡　なに？
大石　宇宙人かと聞いてるんだ。
佐渡　違うよ。
隊員1　本当か？
佐渡　本当だよ。あんた達は誰だよ？
大石　何!?　我々を知らないのか？　お前本当に日本人か!?
清水　大石、おごるな。戦う君の歌を戦わない奴らが笑うだろう。我々の戦いに終わりはないのだ。
大石　はっ。隊長、申し訳ありません。私の敵は私でした。
清水　（佐渡に）名乗らず失礼した。我々は、日本防衛隊。別名、ウイアー
清水・大石・隊員　ジャパレンジャー！（と、ポーズ）
佐渡　ジャパレンジャー。
清水　君も、この日本をゴキブリ宇宙人から守るために共に戦わないか？
大石　ネットでワンクリック、君も今日からジャパレンジャー！
清水　先月、ついに会員が五万人を突破しました。
大石・隊員　欣喜雀躍《きんきじゃくやく》、雀の踊り！
清水　日本伝統の喜び方です。さあ、君も、この日本から宇宙人を一人残らず

佐渡　抹殺する輝かしい戦いに参加しないか。
大石　いや、俺は別に
清水　どうして!?　日本を愛してないの？
佐渡　君は日本が心配じゃないのか!?
清水　いや、俺は国家とか政治とかどうでもいいから、
大石・隊員　愚かな民よ。目を醒ますのだ！
　ウェイクアップ！
佐渡　いや、別に……

と、遠くから声がする。

男（声）　清水隊長！　こっちです！　こっちにいました！
清水　失礼。ウイアー
清水・大石・隊員　ジャパレンジャー！

とポーズを決めて去る。
その姿を見る佐渡。

アクト3

公園。

青井蛍を先頭に、黒井哲志、竹森和也、平山アピルムが登場。

青井　黒井さん。考えたんですけど、私、やっぱりできそうには……。

黒井　青井さん。昨日も日本中で宇宙人狩りが行われ、仲間が百人以上負傷しました。地球に来て6年、事態はどんどんひどくなっています。今動かないと、とりかえしのつかないことになるんです。

青井　それは分かりますが……

黒井　エピクラル皇室の皇位継承権第9位のあなたに頼るしか、私達、日本在住エピクラル人の未来はないんです。

青井　でも、私に何ができるんでしょうか。

竹森がさっと名刺を差し出す。

竹森　竹森と言います。フリーのＴＶディレクターやってます。

青井　……ＴＶディレクター。

竹森　エピクラル人を嫌っている人は、じつは、エピクラル人のことをほとんど知りません。ただネットから得た間違ったイメージと知識だけで、あなた方を憎んでいる。だから、エピクラル人のことを知れば知るほど、今起きてる問題の大半は解決するはずです。

青井　つまり？

竹森　エピクラル人代表のあなたの番組を作りたいんです。

青井　私がテレビに出るんですか!?

黒井　エピクラル皇室第83代女王として、地球人にエピクラル人の正しい姿を伝えて欲しいんです。

青井　そんな……。

黒井　シュリルバイス。

青井　青井です。私の名前は青井蛍です。

竹森　青井さん。難しいことじゃないんです。青井さんが女王に相応しい存在になるように私達が全面的にバックアップします。

黒井　私達に任せて下さい。
青井　でも……
黒井　青井さん。あなたには皇位継承権第9位という責任があるはずです。お願いします。あなたが最後の希望なんです。
青井　……。
平山　青井さんが頑張ってくれたら、エピクラル人と地球人は仲良くなれると思います。
青井　えっ……。
平山　そうですよね、黒井さん。
黒井　え、ああ。そうですよ。青井さん。
青井　……考えさせて下さい。
黒井　時間がないんです。
青井　すみません。考えさせて下さい。失礼します。

青井、去る。

竹森　弱いな。
黒井　えっ？

竹森　「第83代女王」っていうからどんな人かと思ったら、ごく普通の女の子じゃないですか。
黒井　えっ、まあ、
竹森　おっぱいも小さいし、
平山　そこですか？
竹森　平山、本物のディレクターになりたいんなら覚えとけ。そこだ！
平山　はあ……。
竹森　あなた方は実際にいる地球人をコピーしてるんですよね。
黒井　ええ。
竹森　じゃあ、なんで、女王らしい女性をコピーしなかったんですか。身長が170センチぐらいあって、90、60、90、ボン、キュ、ボンッ！　なルックスの女性を。
黒井　私達エピクラル人は、地球的な美意識に興味がなかったんです。
竹森　でも、地球で生きていくんですよ。
黒井　今なら竹森さんのおっしゃっていることも分かります。
竹森　彼女じゃなきゃダメですか？　もっとテレビ生えする人が協会にはいるでしょう？
黒井　皇位継承権第9位の彼女だから、エピクラル人は自分たちの代表として

竹森　納得するんです。
黒井　継承権第8位までの人はどうなったんですか？　アートン星人に全員殺されました。青井さんの家族も死にました。
竹森　彼女の友人関係は？
黒井　詳しくはまだ。青井さんを発見して二カ月ですから。
竹森　イーファンしかないいんだよなあ。
黒井　イーファン？
竹森　麻雀、やりませんか？　若い女っていうメリットしかないんですよ。ポイント1だけ。これじゃあ、地上波の番組にならない。
平山　ネットだけじゃダメですか？
竹森　国民の意識を変えるためには、テレビとネットの両方が必要なんだ。
平山　第83代の女王なんですよ。
竹森　それはエピクラル人から見てだろう。お茶の間の地球人にはなんの興味もない。
黒井　彼女じゃ、ダメなんですか？
竹森　弱いってことです。でも、そこをなんとかするのが仕事ですから。どうにかサンファン足して、マンガンにしますよ。
平山　マンガン……二酸化？

竹森　無理に話題に入ってこなくていいから。まあ、彼女が女王としてテレビ出演を引き受けるのが先ですが。

黒井　なんとか説得します。（と、電話がなる）失礼します。……もしもし。分かった。くれぐれも間違いを起こさないように。すぐ戻る。（竹森に）すみません、協会に戻ります。平山は？

平山　僕は竹森さんのアシスタントですから。

黒井　そうか。平山のこと、よろしくお願いします。それじゃ。

黒井、去る。

竹森　お前はなんでその外見を選んだんだ？

平山　これは、地球に来て、最初に見た地球人です。

竹森　それだけか？

平山　はい。地球的外見には興味がなかったので。

竹森　エピクラル人にも男と女ってのがあるんだろ。

平山　男と女というか、子供を生む性と生まない性がありますね。地球に来た時、生む性のエピクラル人は地球の女性をコピーしました。

竹森　なるほど。……行くぞ。

平山　どこです？

竹森　あの女の周辺を調べるんだよ。なんとかドラマ作って、サンファン上げるぞ。

平山　はい、喜んで！

竹森、去り、平山、後を追う。

アクト4

アパート。
青井が戻ってくる。

青井　ただいまー。

エプロンをした佐渡、フライパンを持って出てくる。

佐渡　おかえり。ちょうど、ゴハン、できたから。
青井　ありがとう。
佐渡　今日はオムレツにしたよ。好きでしょ。
青井　あ……うん。

佐渡、かいがいしく、ゴハンの準備をする。

佐渡　……どうしたの？
青井　えっ？
佐渡　何かあったの？
青井　えっ……ううん。

青井も手伝い、食事の用意が整う。

佐渡　さ、食べよう。食べよう。いただきます。
青井　……。
佐渡　何？　バイト先で嫌なことでもあったの？
青井　健吾……
佐渡　大丈夫。今月はバイト代、ちゃんと入るからさ。やっぱり、深夜の牛丼屋って、時給いいから。
青井　健吾、あたし達、別れよう。
佐渡　!?
青井　今まで、ありがとう。

佐渡　……そうか。そうだよね。そりゃあ、そうだ。
青井　えっ？
佐渡　バイトとかの問題じゃないよね。月2万円しか稼ぎのないアーティストって、話にならないよね。30歳過ぎてさ、未来が見えないし。ヒモだよね。蛍も嫌になるよ。
青井　違う。そうじゃない。
佐渡　いいんだよ。蛍に愛想尽かされるのは俺、しょうがないと思う。よく2年も俺の夢につきあってくれたよ。
青井　全然、違う。そんなことじゃない。
佐渡　じゃあ、なんで別れるの？　えっ、他に好きな人ができたの？
青井　違う。
佐渡　じゃあ、何？
青井　健吾、私のこと、嫌いになる。
佐渡　どうして？
青井　どうしても。
佐渡　なに？　……浮気したの？
青井　するわけないよ。
佐渡　じゃあ、ウンコもらしたの？

青井　言ってる意味が分からない。
佐渡　なんで嫌いになるんだよ。
青井　絶対に嫌いになる。
佐渡　なに、えっ……整形してたの？　ものすごい借金があるの？　頭の後ろにもうひとつ口があるの？
青井　全然違う！
佐渡　じゃあ、なんだよ。
青井　何にも聞かないで別れて。
佐渡　そんなことできるわけないよ。理由を言えよ。
青井　……私、
佐渡　私？
青井　私、
佐渡　子供がいる？
青井　違う！　……私、
佐渡　指名手配されてる？
青井　違う！　……私、
佐渡　じつは男？
青井　違う！　……私、

佐渡　何!?

青井　宇宙人なんだ。

間。

青井　……ずっと黙っててごめん。言い出すタイミングがつかめなくてさ。

佐渡　宇宙人。

青井　……。

佐渡　どうして?

青井　えっ?

佐渡　どうして、今日、言おうと思ったの?

青井　……頼まれたの。エピクラル人の代表として、テレビに出てくれって。だから先に言おうと思って。

佐渡　エピクラル人の代表?

青井　私、エピクラル皇室の第83代女王なの。

佐渡　もう何言ってるか、全然分からない。

青井　最近、エピクラル人がますます攻撃されるようになって、だから、私がテレビに出て、エピクラル人のことを紹介するの。

佐渡　どうして、どうして蛍がやるの？

青井　私がエピクラル人の女王だから。

佐渡　蛍ってそんなにすごかったの？

青井　すごくないよ。皇位継承権第9位だからさ、9番目って普通、なんでもないんだよ。絶対に女王にも天皇にもなれない下の方なの。だけど、上の方のみんな死んじゃったから。

佐渡　マジな話？

青井　マジな話。

間。

青井　驚いた？

佐渡　半分。

青井　半分？

佐渡　なんかあると思ってたんだ。蛍みたいな可愛い女の子が、俺みたいなヘタレを好きになってくれるはずないって思ってたから。

青井　そんなことないよ。健吾は素敵だよ。

佐渡　ありがと。でも俺のアート、分かってくれる人、少ないし、稼ぎも全然

青井　ないし。だからきっと、蛍にはなんかあるんだろうなって思ってた。
佐渡　だからね、もう別れた方がいいでしょ。
青井　どうして？
佐渡　あたしが宇宙人だから。
青井　宇宙人だから……
佐渡　未来、ないと思う。
青井　未来？
佐渡　……結婚とか絶対に反対されると思う。
青井　……とりあえず、晩御飯、食べない？
佐渡　えっ……うん。

佐渡、突然、立ち上がる。

青井　!?
佐渡　ビール、買ってくる。ビール、飲みたくなったから。
青井　……。

佐渡、部屋を出て行く。

残される青井。

アクト5

『エピクラル人友愛協会』前。
ジャパレンジャーの格好をした清水と大石、隊員達がいる。
大石が拡声器を持って、

大石　宇宙人は日本から出て行けー！

隊員と三十人ほどの声が続く。
清水は旭日旗をアレンジした旗を持って立っている。

隊員・声　宇宙人は日本から出て行けー！
大石　宇宙人は宇宙に帰れー！
隊員・声　宇宙人は宇宙に帰れー！

大石　宇宙人はウンコを食えー！
隊員・声　宇宙人はウンコを食えー！

と、ツバルトキアンが飛び出し、大石に摑《つか》みかかる。
（以下、ツバルと表記）

ツバル　いい加減にしろー！
大石　ちょっと何するのよー！
清水　なんだ、お前は！
ツバル　うるさい！　お前らこそウンコ食えー！

もめる人々。
と、黒井が戻ってくる。

黒井　何をしてるんだ！
ツバル　黒井さん！
黒井　戻れ！　早く！

ツバルと黒井、去る。

清水　待て！　暴力だぞ、お前！
大石　待ちなさい！
隊員　（口々に）待て！

追いかけて去る清水達。
別空間に佐渡が出てくる。
佐渡は、思案顔。道端に座り、ビールを開けて飲み始める。
以下、このアクトの終わりまで、見えている。
黒井とツバル、飛び込んでくる。
そこは、友愛協会内部。

黒井　どうしたんだ!?
ツバル　だって、あんまり言葉がひどいから。だから、我慢できなくて。気がついたら、飛び込んでました。
黒井　なんてことをするんだ!?
ツバル　だって、ひどすぎるじゃないですか！

と、外から清水とそれに続く声が聞こえてくる。

清水（声）　暴力宇宙人を殺せー！
大石と大勢（声）　暴力宇宙人を殺せー！
黒井　（袖に向かって）入り口、ちゃんと見張ってくれ！
声　はい！
黒井　絶対に飛び出すなよ！　絶対に手を出すな！
清水（声）　お前たちはゴキブリ以下だー！
大石と大勢（声）　お前たちはゴキブリ以下だー！
ツバル　あんな言い方を許すんですか!?
黒井　我慢するんだ。
ツバル　でも、
清水（声）　スライムに戻ってオモチャになれー！
大石と大勢（声）　スライムに戻ってオモチャになれー！
黒井　手を出したら負けなんだ。
ツバル　悔しくはないんですか？

以下、会話のバックに、清水と大石（と大勢）の声が聞こえる。

黒井　悔しいよ。胸が張り裂けるぐらい悔しいよ。
ツバル　協会はただ我慢だけを仲間に求めるんですか!?　なんのための協会なんですか！
黒井　もうすぐ、もうすぐ、状況は変わるから。
ツバル　……皇位継承権第９位の女はどうだったんですか？
黒井　大丈夫だ。きっと説得する。
ツバル　今日も引き受けなかったんですね。もう諦めた方がいいんじゃないですか？
黒井　絶対に引き受けてもらう。
ツバル　もう皇位継承権第76位の私でいいじゃないですか。
黒井　だめだ。皇位継承の順番は厳密なんだ。
ツバル　私のこと、愛してないの？
黒井　愛してるさ。もちろんだよ。
ツバル　だったら、
黒井　それとこれとは別だ。皇位の順番は絶対なんだ。
ツバル　アビルタフリ。
黒井　黒井だ。

黒井、去ろうとする。

ツバル　どこに行くの？

黒井　飲物を。喉が乾いた。

去る、黒井。

その姿を見つめ、そして去るツバルトキアン。

外の声は続いている。

アクト6

アパート。
佐渡が戻ってくる。
青井がバッグを持って出てくる。

青井　お帰り。
佐渡　……まだ、起きてたのか。
青井　荷造りしてたから。
佐渡　考えがまとまらないんだけどさ、
青井　えっ？
佐渡　今日、宇宙人反対の団体に会ったの。日本防衛隊とかって奴ら。最近、ネットで話題らしいんだ。
青井　……知ってる。

佐渡　なんか、嫌だなって思ったの。ドヤ顔して宇宙人を追いかけてるの。
青井　……。
佐渡　俺がアートやってて言われる言葉なんて、差別じゃなくてただの悪口でさ、ほんとの差別される辛さなんて全然、分からないと思うんだ。
青井　……。
佐渡　俺、偉くないしさ、差別する側より差別される側に立ちたいのに、なんで、蛍が宇宙人だって聞いたら混乱してるんだろうって思ったの。
青井　えっ？
佐渡　蛍。ごめん。俺がバカだった。今、話しながら分かった。誰になに言われても、俺は蛍と別れるつもりはない。
青井　健吾……。
佐渡　俺は蛍が好きだ。
青井　でも、健吾。健吾にも迷惑がかかるかもしれない。私だけじゃなくて、健吾もひどい目に合うかも、
佐渡　俺が蛍を守る。蛍、結婚しよう。
青井　えっ!?　いや、あの、結婚って言ったのは、一番話が分かりやすくなるからで、別にそんな、私、
佐渡　蛍、結婚しよう。

青井　健吾！

青井、佐渡に飛びつく。
佐渡、しっかりと青井を受け止める。

青井　健吾！　健吾！　健吾！　健吾！

佐渡、力強く抱きしめた後、

佐渡　あ、でも、結婚の時期は相談させて。俺のアートが認められるまで。
青井　大丈夫。健吾は絶対にすっごいアーティストになるから！
佐渡　蛍！

佐渡、蛍を「高い、高い」の要領でリフティングして上げる。

青井　健吾！

蛍を下ろし、見つめる二人。

ゆっくりとキスをする。

暗転。

佐渡（声）　わ！　蛍！　9時だ！　バイト、遅刻するぞ！

青井B（声）　えー！　もうそんな時間なの!?

明かりつく。

服を慌てて着ている佐渡。

佐渡　ちょっと、俺達、昨日、がんばりすぎたよなあ。

と、昨日と同じ洋服を着ながら、青井Bが出てくる。

それは、青井とはまったく別人。

年齢も体型も違っていて、服はぱっつんぱっつん。

青井B　コーヒーいれるけど、飲む？

佐渡、衝撃に固まる。

青井B　飲まない？　ねえ、どうする？
佐渡　……お前は誰だ？
青井B　えっ？　なに？
佐渡　（大声）お前は誰だ！
青井B　わ、びっくりした。どうしたの？
佐渡　驚いてるのは俺だ！　お前は誰なんだ？
青井B　何？　朝から冗談？　甘えてるの？
佐渡　だからお前は誰だ？
青井B　私は私じゃないの。
佐渡　名前は！
青井B　もう何言ってるの！　蛍でしょ。私は、昨日、健吾からたっぷりの愛をもらった蛍です。
佐渡　違ーう！　絶対にちがーう！
青井B　何が違うの？　え？　昨日言ったこと、後悔してるの？
佐渡　お前は誰だー！
青井B　もう、健吾。怒るよ。
佐渡　怒るのはこっちだ！　お前は蛍じゃない！
青井B　私は蛍よ。もう、ぷんぷん。

佐渡　（ハッと）鏡を見てみろ！
青井B　鏡？　昨日、あんまり寝れなかったから、むくんでるんじゃないかなあ。
佐渡　むくんでるよ。むくんでフケてるよ。
青井B　もう、ひどーい。

青井B、鏡を見る。
固まる。

青井B　えっ!?　何!?　どういうこと？
佐渡　それはこっちが聞きたいよ！　お前は誰だ？
青井B　だから蛍だって。
佐渡　嘘つくな。
青井B　嘘じゃないよ。
佐渡　どこだ？　夜中のうちに、蛍と入れ代わったな！　蛍はどこにいるんだ？
青井B　蛍だよ。昨日は、オムレツ作ってくれたじゃないの。健吾、一度、部屋出て遅く帰ってきて。それで、結婚しようって言ってくれたじゃないの。それから、二週間ぶりの激しい、

佐渡　その先を言うな！　……二人で初めて見た映画はなんだ？
青井B　『トンマッコルへようこそ』。健吾がこの映画を絶対見ろって熱く語って、
佐渡　俺が好きな料理は？
青井B　ブタキムチ。
佐渡　俺が尊敬するアーティストは？
青井B　谷川俊太郎と麿赤兒《まろあかじ》。
佐渡　さん。
青井B　谷川俊太郎さんと麿赤兒さん。
佐渡　……お前は本当に蛍なのか？
青井B　だから、蛍だって言ってるじゃないの。（ハッとして）あ、いけない。
佐渡　どうした？
青井B　バイトいかないと。遅れちゃう。
佐渡　いや、行かない方がいい。
青井B　どうして？
佐渡　どうして？　今起こった以上の悲鳴と混乱が待ってるぞ。
青井B　でも、休むわけにはいかないよ。
佐渡　休め。休んだ方がみんな幸せになる。
青井B　迷惑かけられないよ。

佐渡　行った方が迷惑かけるぞ。電話しろ！　体調を壊したとか、お腹壊したとか、全部壊したとか。
青井Ｂ　でも、
佐渡　いいから休め。そして、何が起こったのか、確認しよう。とにかく、電話だ！
青井Ｂ　……そう？

青井Ｂ、しぶしぶ、携帯を取りに去りかける。

佐渡　お前、本当に蛍なのか？
青井Ｂ　しつこいよ。

青井Ｂ、去る。
佐渡、混乱した顔で後を追う。

アクト7

カメラを持った竹森、バッグを持った平山、そして黒井が登場。

黒井　やっぱり、いきなりはまずいんじゃないですか。
竹森　彼女の丸ごとを映せば、地球人も心を動かすかもしれない。彼女とエピクラル人の宣伝のための番組ではなく、彼女とエピクラル人の生きざまが全て映った番組を創るんです。
黒井　でも、もし、彼女がカメラを拒否したら？
竹森　それを番組にしましょう。どうして拒否するのか？　そこにきっとドラマが生まれます。

平山、先に番地を見て、

平山　あ、ここじゃないですか？　いますかね。

竹森　黒井さん、お願いします。

黒井　えっ。……はい。

竹森、カメラをラフに構えて、

竹森　平山、覚えとけ。アポなしの突撃取材が彼女の本質をえぐり出すんだ。

チャイムを押す黒井。

平山　それなりに喜んで！

と、佐渡が顔を出す。

驚く、黒井達。

佐渡　はい。……どちらさんですか？

黒井　あの、こちらは青井蛍さんのお部屋でしょうか？

佐渡　えっ……ええ。

黒井　青井さん、いらっしゃいますか？
佐渡　あ、いえ、あの、いません。
黒井　いないんですか？
佐渡　ええ。

竹森、いきなりカメラを突きつけて、

竹森　失礼ですけど、あなたは青井さんとどういうご関係なんですか？
佐渡　なんですか、あなたは!?
竹森　あなた、何か隠してますよね？
佐渡　えっ？
竹森　いないって答えた言葉、震えてましたよ。何か隠してるでしょう。
佐渡　何も隠してないですよ。
竹森　じゃあ、どういう関係なんですか？　青井さんの恋人ですか？　一緒に住んでるんですか？　どうしてこの部屋にいるんですか？　あなたは宇宙人ですか？
佐渡　関係ないでしょう。

佐渡、ドアを閉めようとする。
竹森、すぐに足を差し込み、

竹森　平山！

平山、すぐにドアに手をかける。

平山　あわてて喜んで！
佐渡　やめて下さいよ！
竹森　やましいことでもあるんですか!?
佐渡　そんなのないですよ。
竹森　じゃあ、青井さんはどこです!?
佐渡　警察を呼びますよ！
竹森　どうぞ！　事件、大歓迎です！
黒井　そんな!?

青井Bが出てくる。

青井B　やめて下さい！　私はここです！

全員の動きが止まる。

黒井　青井さん、どうしてすぐに出てくれなかったんですか？

竹森・佐渡　!?

青井B　すみません。驚いてしまって。

黒井　あ、こちらこそすみません。突然、おしかけて。

竹森　……タイム。黒井さん、あなたは誰と話しているのかな？

黒井　誰って？

竹森　あの、この人は？

黒井　何言ってるんですか。（青井Bに）青井さん、気持ちの整理はつきましたか？　お願いします。ぜひ、引き受けて下さい。

青井B　はい。私でよかったら、よろしくお願いします。

黒井　ありがとうございます！　今日から陛下とお呼びします。

青井B　まだその言葉には相応しくありません。青井と呼んで下さい。

黒井　そんな、

竹森　ちょっと待ったー！　何の話？　陛下って何？

青井Ｂ　（竹森に）私でよければ、どうぞ撮って下さい。（と、胸を張る）
竹森　平山、何が起こってるんだ？　俺の目がおかしいのか？
平山　竹森さん、
竹森　別人だよな。昨日の女性と明らかに別人だよな。
平山　いえ、そんなに違いは、
竹森　あるだろ！　ものすごく違いがあるだろ！　黒井さん、違うでしょう！
黒井　そうですか？　昨日より、ちょっと顔が大きくなったぐらいで、そんなに違いは、ねえ、
平山・青井Ｂ　ええ。
竹森　おかしい！　お前達の美意識はおかしい！　宇宙人の美意識はおかしい！
佐渡　昨日とはまったくの別人です。
竹森　でしょう。そうですよ。あなたは地球人ですか？
佐渡　ええ。
竹森　これがまっとうな美意識でしょう！
黒井　竹森さん、誰にだって体調の変化はあるでしょう。ちょっとむくんだり、やつれたりするもんです。さあ、撮影を始めて下さい。
竹森　……平山、地球人とエピクラル人の深い闇をつなげ。

平山　えー（黒井に）どうも、この微妙な違いが、地球人には大変な違いのように感じるみたいです。
黒井　大した問題じゃないでしょう。青井さんの内部の波動はまったく変わってないいんだから。
平山　そうなんですけど、この小さな違いが地球人には乗り越えられないみたいです。
黒井　信じられない。
平山　地球人の美意識は、まだ幼いんでしょうね。
佐渡　あなた方は誰なんですか？
黒井　失礼しました。私、『エピクラル人友愛協会』事務局長、黒井哲志と言います。
佐渡　友愛協会……。
黒井　陛下、
青井B　青井です。
黒井　青井さん、この方は？
青井B　私の婚約者です。
黒井　婚約者!?　陛下は、婚約してるんですか？
青井B　昨日。（佐渡に）ね。

佐渡　え、いや、あの、その、
黒井　失礼ですが、あなたは何をなさっているんですか？
佐渡　何って？
黒井　ご職業は？
佐渡　アーティストです。
黒井　アーティスト？　有名な方ですか？　ウィキペディアに個人ページはありますか？
佐渡　え、いや……。
黒井　女王陛下に相応しいアーティストですか？
佐渡　相応しい？
青井B　あの、中に入りませんか？　立ち話もなんですから。（佐渡に）いいでしょう？
佐渡　え、ああ……。
青井B　さあ、どうぞ。

青井B、黒井達をうながす。
全員、部屋の中に入る形で去る。

アクト8

『エピクラル人友愛協会』内部。
ツバルトキアンが手に木刀を持っている。
聞いている人々。

ツバル　みなさん。昨夜も、日本防衛隊と称する卑怯な奴らによって、渋谷と新宿で25人の仲間が暴行を受けました。もはや事態は一刻の猶予もありません。自衛のための武器を手に取りましょう。エピクラル人全員がひとつになって、いわれのない暴力に立ち向かうのです。相手を攻撃するためではなく、自らの身を守るための武器をかかげるのです。卑劣な奴らの喉元に私たち全員の怒りを突きつけるのです。

男1　黒井さんはなんて言ってるんですか？

女2　黒井さんは!?

ツバル　黒井さんもきっと分かってくれるはずです。皇位継承権第76位の私が責任を持って黒井さんに話します。
女1　大丈夫なの？
男2　それでいいのか!?
ツバル　私達は黒井さんの「決して我々から手を出してはいけない」という言葉を胸に戦うのです。祖国なき独立戦争は、今、始まるよ！

ざわつく人々。

アクト9

アパート。

青井Bと佐渡、黒井、竹森、平山がいる。

竹森　つまり、これは昔の姿なのか!?
平山　そういうことです。そうですよね。
青井B　はい。最初のバージョンです。
竹森　ちょっと待て。変身は一回だけって言ってなかったか？　黒井さん、そうですよね。
黒井　二回、メタモルフォーゼした同胞を初めて見ました。驚きました。大変なエネルギーをお持ちなんです。エピクラルの女王に相応しい奇跡です。
平山　どうして、そんなことができたんですか？　何か特別なこと、しました？

青井B　えっ……いえ、別に。ただ、もう一回メタモルフォーゼしたいなあって思ったんです。

黒井　どうしてですか？

青井B　二回目、やりたくなりませんでした？　一回目は地球に逃げてきて、よく分からないままましちゃったでしょう。事情が分かってきたら、もう一回。

黒井　二回目はいつだったんですか？

青井B　3年ぐらい前です。

佐渡　みなさん、そんなことより、問題は、

竹森　そうです。問題は、どうして最初の姿に戻ったかということです。昨日、何が特別なことはなかったですか？

青井B　特別なこと？

平山　昨日、私達と別れて、何をしたんですか？

青井B　特別には何も。あの後、アパートに戻って、ゴハンを食べて、お風呂に入って寝ました。

竹森　本当にそれだけですか？

青井B　えっ？

竹森　食事と風呂と睡眠以外、本当に何もしませんでした？

青井Ｂ　！
竹森　（カメラを構えて）なんです？
青井Ｂ　……（微笑み）
竹森　その不気味な含み笑いはなんですか!?
青井Ｂ　不気味って……健吾。
佐渡　えっ……だから、恋人同士として、当然することを、
竹森　したのか!?　昨日、したのか!?　ここか！　この場所でしたのか!?
平山　竹森さん、落ち着いて下さい。
青井Ｂ　（照れて）もうやだあ。
竹森　こっちが嫌だよ！　……いや、でも、婚約してるんだ。初めてのわけないよな！
佐渡　もうやだあ。
竹森　お前も照れるな！　……ということは、エッチが原因じゃないのか？
昨日のエッチで、今までと違うことをしなかったのか？
佐渡　違うって？
竹森　新しいポジションに挑戦したとか、縛り方を変えたとか、初めて器具を使ったとか？
佐渡　ものすごいこと聞いてないか？

竹森　質問に答える！
佐渡　いつもと同じですよ。なあ、
青井B　ええ。っていうか、やだもう。
竹森　お前が照れるのを見ると、無茶苦茶むかつくんだよ。
青井B　どうして!?
黒井　竹森さん。陛下に言葉が過ぎますよ。
平山　つきあってどれぐらいなんですか？
青井B　2年ぐらいです。一緒にすむようになって、半年かな。
黒井　2年ですか……。
佐渡　みなさん、そんなことより、問題は、
竹森　だから、この姿に戻った理由を探してるじゃないか！
佐渡　違いますよ！　問題は、今までの姿に戻れるかどうかですよ！
黒井　どうして？
佐渡　どうしてって、
黒井　今の姿でも問題ないでしょう。ねえ。
青井B　黒井さんがそうおっしゃるなら。ねえ。
平山　僕的にはどっちでも。ねえ。
黒井　じゃあ、一件落着。（手を広げて）よーお、

佐渡　落着してない！
黒井　どうして？
佐渡　だって、蛍じゃないでしょ！
黒井　陛下ですよ。
青井B　私は私よ、健吾。
佐渡　いや、だから……。
竹森　平山、帰るぞ。
平山　えっ!?
竹森　撤収。黒井さん、番組の企画、変えます。彼女はもういいです。
黒井　どうして!?
竹森　どうして!?　イーファンどころか、何もなくなっちゃったからですよ。
黒井　ちょっと顔が大きくなって老けたのがそんなに問題なんですか!?
平山　竹森さん、全然大丈夫ですよ。
青井B　言って下さい。私、なんでもやります！
竹森　ブス蛍は黙ってろ！
青井B　ブス蛍!?
黒井　竹森さん、その言葉、許しませんよ！
竹森　あんた達とこれ以上議論してもムダだ！

竹森、出て行く。
平山、慌てて追いかける。

平山　竹森さん！
黒井　（青井Bに）陛下、すぐに連絡します。（佐渡に）あなたのアート、今度、見せて下さい。
佐渡　えっ……。

黒井も後を追う。
残される二人。

青井B　……。
佐渡　……。
青井B　健吾。
佐渡　仕事に行くよ。
青井B　もう？
佐渡　いろいろと準備があるんだよ。
青井B　私、蛍じゃないの？

佐渡　……いや、それは。

佐渡、そのまま去る。

青井B　（その背中に）健吾！

残される青井B。

アクト10

清水が弁当屋さんのビニール袋を下げてとぼとぼ登場。
清水の心の声が聞こえてくる。（録音）

清水（声）　……会えなかった。いつもの弁当屋さんで、いつもの笑顔に会えなかった。いつもの笑顔に会えないと、一日まったく、やる気が出ない。あの子の笑顔は、僕に一日、生きるエネルギーをくれる。戦う意欲をくれる。あんな子が懸命に働くこの日本を絶対に悪魔達から守るんだという情熱がわいてくる。なのに、今日、あの笑顔に会えなかった。

と、大石が出てくる。

大石　隊長、今日も『金太郎弁当』ですか？

清水　ああ。
大石　言ってくれたら、私が買いにいきますって。
清水　いや、いいんだ。
大石　よくないですよ。隊長は、もう、立派な有名人なんですからね。『金太郎弁当』に並んでる姿なんて、マスゴミ週刊誌にでも撮られたら大変ですよ。
清水　そんなことないよ。
大石　そんなことありますよ。お茶、いれますね。

大石、引っ込む。
清水、座って弁当をひろげる。

清水（声）　定休日以外、一日も休まなかったあの子がいなかった。どこに行ったんだろう？　どうしてだ？　まさか、バイトをやめたのか！

清水、ガバッと立ち上がる。

清水（声）　いや、そんなことはないよ。ないはずだ。ないよ。ないかな。ないわけじゃないか。なくないか。なくなくない？　なくないわけなくなかなか……！　……心の声ってかめるんだ。びっくりだな。ていうか、心の声をかむ俺ってどうよ。すごくない？　そんなことより、あの笑顔だよ。バイトをやめた？　そんなことあるのか？　あったらどうしよう？　探さないと！　彼女を探さないと！

大石、お茶を持ってくる。

大石　はい、お茶でーす。

清水　ありがとう。

大石　『金太郎弁当』、美味しいですか？

清水　もちろん。

大石　私、昨日、食べてみたんですけど、そんなでもなかったですよ。

清水　すっげー美味いんだよ。

大石　本当にお弁当が目的なんですか？

清水　どういう意味だ？

と、言いながら、清水、お茶を飲む。

大石　お店の女の子が目当てだったりして。

清水、口に含んだお茶を吹き出す。当然、それは、大石の顔にかかる。

大石　……。
清水　な、何言いだすんだよ！　びっくりするじゃないか。

清水、ハンカチで大石の顔を拭く。
大石も自分のハンカチで拭く。

大石　……昨日、窓口にとっても可愛い女の子がいたんですよ。ひょっとして、隊長、あの子が目当てなのかなあーって。
清水　変なこと言うなよ。そんなことあるわけないだろ。
大石　じゃあ、あたし、お弁当作ってきていいですか？
清水　えっ？
大石　できあいのものを食べ続けるの、体によくないと思うんです。私、作りますから、『金太郎弁当』のお弁当と食べ比べて下さいよ。
清水　（拒否）いいよ。

大石　どうしてですか!?
清水　どうしてって、
大石　私にチャンスさえくれないんですか？
清水　泣くなよ。
大石　私の作るお弁当はそんなにマズイって思うんですか？　ジャパレンジャー1家庭的女性隊員と言われている私のお弁当がそんなに憎いんですか!?
清水　分かったよ。作ってきてよ。
大石　本当ですか!?
清水　ああ。
大石　しょうがない。じゃあ、明日、作ってやるか。人をただの便利なだけの女って思うなよ。
清水　おい。
大石　あ、今日の予定、確認していいですか？（と、スマホを取り出す）
清水　ああ。
大石　一時から、新宿駅駅前、三時からは、新橋駅前の街頭演説。新宿は500人、新橋は800人動員予定です。
清水　800人か。

大石　五時からは、また、『エピクラル人友愛協会』前に行きますよね。
清水　ああ。昨日の攻撃を糾弾しないとな。あと夜は、渋谷だ。何人、連絡来てる？
大石　13人。ショップの店員が9人と、いつもたむろしているのが4人。
清水　よし、こっちは50人で充分だろう。
大石　分かりました。（時計を見て）お、あと30分です。隊長、急いで、そのあんまり美味しくないお弁当、食べて下さい。隊長、苦手なものはありますか？　アレルギーとか？
清水　ないよ。でも、味にはうるさいぞ。
大石　ふんっ（鼻で笑う）

大石、去る。

清水　今、鼻で笑ったろ。なあ。

暗転。

アクト11

すぐに、思案顔の佐渡の姿が浮かび上がる。
別空間に、アパートの部屋にいる青井Bが見えてくる。
佐渡が戻って来る。

青井B　お帰りなさい。お腹は？
佐渡　食べてきた。
青井B　じゃあ、お風呂、入る？
佐渡　え、いや……。
青井B　健吾、私、ダイエットして、ちょっと痩《や》せるね。それと、お肌のお手入れとかもちゃんとして、若返るから。
佐渡　……。
青井B　健吾。

青井B、佐渡をハグする。

佐渡　……。

佐渡、そのハグをとき、反対側に去る。

青井B　健吾……。

佐渡、バックを持って出てくる。

青井B　どうするの？
佐渡　ちょっと一人で考えたいんだ。だから、今日はどっかに泊まる。
青井B　どっかって？
佐渡　友達の家かホテルか。適当に探すよ。
青井B　嘘つき。
佐渡　えっ？
青井B　私の外見が変わったからじゃないでしょう。やっぱり、エピクラル人だからでしょう。

佐渡　えっ？

青井B　ちょっとふっくらして、やつれただけで、なんでそんなに落ち込むのよ。黒井さん達の話を聞いて、リアルに分かったからでしょう。健吾、私が宇宙人だってこと、結局、受け入れられないんだ。

佐渡　違うよ。

青井B　違わない。健吾も結局、宇宙人を差別してるんだ。

佐渡　ごめん。誤解を解くために発言するエネルギーが出てこない。

佐渡、去ろうとする。

青井B　健吾が出て行くことないよ。あたしの責任なんだからさ。あたしが出ていく。

佐渡　責任？

青井B　あたしが宇宙人なのが問題なんだからさ、あたしが出て行くよ。

佐渡　俺が出るよ。

青井B　出たら、終わるでしょう。

佐渡　えっ？

青井B　健吾、出たら終わるでしょう。そんなのヤダもん。こんな終わり方ヤダ

佐渡　もん。終わってるのに、自分をごまかして、健吾をこの部屋でじっと待つなんてヤダもん。あたしが出ていくから。

青井B　……。

佐渡　あたしが出て行って、あたしが終わらせるから。あたしの責任なんだから。

青井B　違うよ。俺の問題だよ。事実をどう受け止めていいか分からない俺の問題だよ。

佐渡　事実って何？　あたしはあたしだよ！　宇宙人とか人間じゃないとかいう前に、あたしはあたしだよ。青井蛍なんだよ！

青井B　……。

佐渡　さようなら。ごめんね。宇宙人でごめんね。でも、私は健吾に出会えて本当に嬉しかった。

　……。

青井B、昨日のバッグを出す。

青井B　2年間、ありがとう。さよなら。

佐渡　……蛍。待て。蛍、俺はバカだ。蛍！

と、両手を広げる。

青井B　健吾！

青井B、佐渡に飛びつく。
佐渡、弾き飛ばされる。

青井B　健吾、大丈夫？
佐渡　……今のはタックルか？
青井B　健吾。

青井B、佐渡をぎゅーっと抱きしめる。

佐渡　うがっ。
青井B　健吾！

青井B、持ち上げて欲しいという仕種。
佐渡、よたよたしながら必死で持ち上げる。

そして、青井B、佐渡と強引なキス。
そのまま、暗転。
少しして、明かりつく。
佐渡、じつにバツの悪い表情。
信じられないという表情の青井B。

青井B　どうして……。
佐渡　……いや、ちょっと疲れててさ。
青井B　嘘。
佐渡　ほんとだよ。……昨日もしたしさ。
青井B　一週間続けて、毎日したこともあった。健吾、全然、元気だった。
佐渡　いや、それはさ……
青井B　もう愛してないの？　だからなの？
佐渡　違うんだよ。
青井B　こんなこと言う私って重い？　健吾、私、重い女なの？
佐渡　重いよ。
青井B　どうして!?　愛しすぎてるから？
佐渡　いや、その重さと重さが違うんだよ。

青井B　健吾、宇宙人はもう愛せないって思ってるんだ。
佐渡　違うよ！
青井B　じゃあ、なんで元気にならないの!?
佐渡　……。
青井B　私が宇宙人だから、元気にならないんでしょう！　差別してるんだ！
佐渡　違うよ。そうじゃなくて……

突然、青井B、バッグを持って部屋を飛び出す。

青井B　健吾の嘘つき！
佐渡　蛍！　……（悶絶する）違うんだよ。そういうことじゃないんだよ……。

佐渡、迷いながら後を追う。

アクト12

『エピクラル人友愛協会』内部。
「宇宙人は宇宙に帰れー！」という日本防衛隊の声が聞こえてくる。
木刀を持ったツバルトキアンが出てくる。
すぐに、黒井が追って登場。

黒井　その木刀はなんだ!?
ツバル　協会のみんなが、自分の身を守るために自分の意志で手に取ったんです。もう誰にも止められません。こうなった以上、私がその先頭に立ちます。
黒井　バカなことを言うな！　暴力に暴力で答えてどうする！
ツバル　これは暴力ではありません。私達の怒りを卑怯な奴らにつきつけるんです！

「そうだ、そうだ」の声が、あちこちから飛ぶ。

黒井　ツバルトキアン！

ツバル　皇位継承権第9位の女はどうなったの？　彼女が私達を助けてくれるの？

黒井　陛下は第83代女王の就任を宣言された。

ツバル　宣言……じゃあ、どうしてここにいないの？　今、どこなの？

黒井　今はまだ準備ができてないいんだ。

ツバル　そんなの女王じゃないでしょう！　私達を助けてくれるのが本当の女王です！

声　「そうだ、そうだ」

黒井　（その声に）落ち着くんだ！

ツバル　大丈夫。黒井さんの言葉通り、決して私達は自分から手を出しません。ただ、私達全員の我慢はもう限界なんです！

黒井　ちょっと待て！　待つんだ！

走り去るツバルトキアン。

追いかける黒井。

清水と話しながら竹森、登場。そこは、友愛協会前。竹森は手にマイク。
平山が清水の姿をカメラで撮っている。
清水を見守る大石。手にはジャパレンジャーの旗。

竹森　ネット上では、あなた方に賛成する意見ばかりですね。
清水　正しいことを言ってるんです。当然でしょう。

傍に控えていた大石、思わず拍手する。

竹森　なるほど。
清水　一番の問題は、やつらが日本人の顔をコピーし、日本名を名乗っていることです。このままだと、日本人の血に宇宙人の血が混じってしまう。そうなるとこの国の文化はどうなる！
大石　文化はどうなる！
清水　伝統はどうなる！
大石　伝統はどうなる！
竹森　そんな大きな声を出さなくても分かりますから。
清水　大きな声は地声だ！

大石　地声だ！
清水　やつらが来て6年。日本人に変装した宇宙人にだまされて結婚にまで進んだカップルが間違いなくいるはずです。子供を作る前に、はやく破棄させないと。事態は一刻を争っているんです！
大石　タイムショック！　……そろそろいいですか。隊長、移動です。
清水　分かった。
竹森　「宇宙人狩り」ですか。
清水　それは、マスコミがつけた名前です。我々は、「日本文化防衛行動」と呼んでいます。
竹森　どうやって宇宙人を見分けるんですか？
清水　やつらは、しょせん、コピーです。町を歩いている奴の輪郭をじっと見ると分かります。ぼやけてるんですよ。
竹森　そうですか。どうも、インタビューに答えていただいてありがとうございました。
大石　それじゃあ、失礼します。また、いつでも言って下さい。
清水　ウイアー
清水・大石　ジャパレンジャー！

去る清水、大石。

平山　そんなバカな。
竹森　えっ？
平山　輪郭がぼやけてるはずないですよ。僕達だって、エピクラル人を見抜けない時があるのに。
竹森　奴らは、戸籍で見抜くんだよ。
平山　戸籍？
竹森　世界中で日本だけが採用しているシステムだ。何回離婚しただの、在日外国人から帰化しただの、全部、家単位で記録されている。
平山　そうなんですか。
竹森　宇宙人のために、特例措置《そち》で作られた戸籍にも宇宙人から帰化とはっきり書かれている。日本名を名乗っても、戸籍を見れば分かる。
平山　なんのためにそんなことを？
竹森　俺が知りたいよ。本籍を移して記録を戸籍謄本《こせきとうほん》から消しても、除籍簿《じょせきぼ》と言われる大元《おおもと》には全て残っている。
平山　それじゃあ、逃げようがないじゃないですか。
竹森　日本以外ではこんな差別を生むシステムを国民は許さなかった。だが、

平山　日本人は許した。それがこの国の形だ。
竹森　でも、その除籍簿は簡単に見れるんですか？
平山　各地の役所に、熱烈な日本防衛隊のシンパがいる。彼らが戸籍を確認して、宇宙人を一人一人割り出し、日本防衛隊に知らせている。
竹森　そんなの、重大な犯罪行為じゃないですか！
平山　その証拠がない。だが、そう考えないと襲撃の正確さは理解できない。
そんな……。

と、木刀を持ったツバルトキアンが飛び出てくる。

ツバル　もう我慢しないぞ！

後を追って黒井と協会員。

黒井　やめるんだ！

ツバルトキアン、清水達がいないので一瞬、戸惑う。

ツバル　平山！　奴らはどこに行ったんだ？

平山　ツバルトキアンさん。たぶん、新宿か渋谷だと思います。

ツバル　遅かったか。

黒井　ツバルトキアン、落ち着くんだ。

竹森　黒井さん、こちらの方は？

ツバル　あなたは誰ですか？

竹森　私はＴＶディレクターの竹森です。

ツバル　皇位継承権第76位ツバルトキアンです。本来は私が第83代の女王になる予定でした。

竹森　女王？

平山　ツバルトキアンさんは、女性なのにメタモルフォーゼする時に、地球人の男性の姿をコピーしたんです。

竹森　どうして？

平山　そそっかしいんです。

ツバル　違うわよ！　この姿がいいなあって思ったからよ！　ほら、私、皇室で何不自由なく育ったからさ、自分の欲望に素直なのね。地球の男とか女とかの枠組みを越えて、メタモルフォーゼしたのよ。

平山　ちなみに、黒井さんの恋人です。

ツバル　やん。
黒井　余計なことは言わなくていい。

と、声。

声　渋谷だー！　やつらは渋谷に向かったぞー！
ツバル　ようし！　いくわよー！

ツバルトキアン、走り去る。

黒井　待つんだ！　待て！（他の人達に）落ち着くんだ！　ツバルトキアンを止めろ！

と、言いながら走り去る。

竹森　行くぞ。
平山　えっ？
竹森　こりゃあ、面白くなるかもしれん。

平山　ちょっとだけ喜んで！

竹森、平山、去る。
別空間にバッグを持って歩いている青井B、登場。
携帯電話が鳴る。
青井Bが取ると、黒井が出る。

青井B　はい。
黒井　陛下、今、話していいですか？
青井B　青井です。
黒井　青井さん。今、いいですか？

佐渡が登場。青井Bを見ている。
佐渡、どうしていいか分からず近づけない。

青井B　はい。
黒井　さっそくで申し訳ないんですが、渋谷に来ていただけませんか？
青井B　渋谷。

黒井　宇宙人狩りが始まろうとしています。陛下に、いえ、青井さんに見ていただきたいんです。
青井Ｂ　分かりました。黒井さんは今、どちらですか？

黒井、話しながら去る。
青井Ｂも、話しながら去る。
近づけず、困惑した顔で見ている佐渡。

アクト13

「逃がすな！」「こっちだ！」などの声が飛ぶ。
清水が旗をはためかして飛び出てくる。

清水　どこだ！

男がひとり追い詰められる。
大石と隊員も旗を翻して出てくる。

大石　見つけたわよ！
隊員　待て！
杉田　（悲鳴）
清水　杉田義雄さん！　あなた、職場にちゃんと宇宙人だと言ってますか？

大石　嘘はいけませんねえ。宇宙人は宇宙人らしくしてくださいよ！　この日本に住まわせてもらってる感謝を忘れてないか！　どうなんだ！　杉田義雄！

と、木刀を持ったツバルトキアンが登場。

ツバル　やめなさい！
大石　なんだ、お前は！
ツバル　お前達はなんの権利があってそんなことをしてるんです！
清水　権利!?　日本を守る権利だよ！
大石　お前は誰なんだ!?　お前もチュウかあ！
ツバル　私の名は、エピクラル皇室皇位継承権第76位ツバルトキアン！
大石　つぶあんとこしあん？
ツバル　ツバルトキアン！
清水　ツバ飛んできてるやん。
ツバル　わざとやってるだろう！
大石　真剣だよ。だって、
清水　チュウの名前は本当に分かりにくいんだよ！

大石・隊員　（笑う）
ツバル　うるさい！

ツバルトキアン、木刀で殴りかかる。清水、大石、それを避けて、

清水　出たな！　暴力宙人！
大石　それがお前達の本質なんだ！
ツバル　黙れ！

ツバルトキアン、再び殴りかかる。
黒井と協会員が飛び込んでくる。

黒井　ツバルトキアン！　やめるんだ！
清水　これはこれは、不逞宙人《ふていちゅうじん》の親玉じゃないですか。
大石　おい、チュウ。こいつ、木刀で殴りかかったぞ。いいのか、人間をチュウが殴っていいのか？
黒井　ツバルトキアン。
ツバル　こいつらは言葉で私達を殴り続けてるんです。

黒井　（清水達に）すまない。許してくれ。
ツバル　アビルタフリ！
黒井　殴りかかっただけで、直接、当たってないんだろう。問題はないはずだ。
清水　殴りかかっただけでも、暴行罪は成立するんだよ。
大石　そうよ！

と、竹森がカメラを構えて登場。
平山も一回り小振りのカメラを構えている。

清水　さあ、警察に行こうか。
ツバル　ふざけるな！
黒井　ツバルトキアン！　落ち着くんだ！
大石　つぶあんとこしあん！　もちつくんだ！
清水　ツバ飛んできてるやん。お尻につくんだ。
ツバル　お前達！　アビルタフリ！　戦うことは、友愛協会、みんなの意志なんです！
黒井　こんな形ではダメだ！

ツバルトキアンと清水達、じりじりとにらみ合う。

平山　竹森さん、俺、止めに入ります！

竹森　なんで!?

平山　だって、このままじゃあ、

竹森　バカかお前は！　ディレクターになりたいんじゃないのか！

大石　（竹森達に気づいて）ちょっと、何撮ってんだよ！

竹森　撮らせて下さいよ！　ジャパレンジャーの活躍する姿を伝えたいんです。

大石　隊長。

清水　撮ってもらおうじゃないか。さあ、カメラの前で殴ってもらおう。そうすれば、傷害罪もつくからな。ウィアー

清水・大石・隊員（と、大勢の声）　ジャパレンジャー！

竹森　ジャパレンジャー、最高っすよ！　続けて続けて！

大石　ほら、チュウ！　殴れよ！　こいよ！　ほら、こいよ！

ツバルトキアンが飛びかかろうとした瞬間、青井Bが飛び込んでくる。

青井B　やめて下さい！　エピクラル人と地球人が戦ってはいけないの！

青井B、清水の前に立つ。

黒井　陛下！
清水　なんだ、お前は！
青井B　エピクラル皇室第83代女王、青井蛍です。
大石　女王!?
清水　お前がか!?
青井B　第83代女王としてお願いします。争いはやめて下さい。
清水　そっちが殴りかかってきたんだよ！
ツバル　（青井Bに）横から勝手に入って来ないで！　私が今、戦ってるの！
青井B　（振り返りながら）誰の戦いでもありません。エピクラル人と地球人は戦っては、えっ、

青井B、ツバルトキアンの顔を見て、絶句する。

青井B　将人……。
ツバル　えっ？
黒井　陛下？

青井Ｂ　将人……将人なの!?
ツバル　あんた、何言ってるの!?
黒井　陛下、彼女の名はツバルトキアン。皇位継承権第76位のものです。
青井Ｂ　ツバルトキアン……。
清水　さあ、警察に行こうか。
ツバル　ふざけるな！
清水　竹森さん、ちゃんと撮ってて下さいよ。今から、こいつが人間を殴りますからね。
竹森　了解！
ツバル　うるさい！
黒井　ツバルトキアン！
青井Ｂ　ダメです！

ツバル、殴りかかる。

清水と大石と隊員、旗で応戦しながら移動。

ツバルと共に、黒井、青井Ｂ、協会員と杉田も移動。

竹森もカメラを構えたまま、ベストポジションを求めて移動。平山はカメラを構えながら迷い、移動。

小競り合いの後、一瞬で青井Bは青井の姿に戻っている。

青井　だめ！　戦ってはだめなの！

その姿に驚く清水、竹森達。

清水　君は……
大石　あっ！『金太郎弁当』の店員！
清水　どういうこと!?　なんで、君がここにいるの!?　今日、『金太郎弁当』休んでたでしょう？
青井　……私を知ってるの？
清水　僕だよ。半年以上、毎日、お弁当、買いにきてるでしょう！
青井　……そうでしたっけ？
大石　まったく印象にないんだ。
清水　僕だよ！　毎日、お昼にから揚げ弁当買ってるだろう！
青井　ごめんなさい。お昼時は混雑してて。
大石　むごい。男女の真実は時として底抜けにむごい。
竹森　（青井を撮りながら）平山、清水隊長のアップ！

平山　（カメラを向けて）訳がわからず喜んで！

二人の会話の途中で佐渡が飛び出て来る。

佐渡　蛍！
青井　健吾。
佐渡　戻ったんだね！　蛍！　戻ったんだね！

佐渡、思わず蛍を抱きしめる。

青井　健吾……。
清水　何!?　何してるの？　どういう関係!?　ねえ、君は日本人だよねえ！
青井　何度でも言います。私はエピクラル皇室第83代女王、青井蛍です。女王としてのお願いです。争いをやめて下さい。
清水　エピクラル人……女王……（突然）お前ら何やっとんじゃあ！　ふざけるなー！　ジャパレンジャー！　かかれー！

音楽。

木刀と旗を使ったバトルが始まる。
相手は、実際の人の場合とマイムの場合がある。
青井は旗を奪い、激しく戦う。
ツバルトキアンも激しく戦う。黒井は戦いを避けようとして戦う。
佐渡は青井を守ろうとして戦う。
平山は混乱し、カメラを回しながら時々、戦いに参加する。
隊員と協会員、杉田も戦う。
やがてそれは、ダンスになり、対立と混乱が表現される。
そして、

黒井　逃げるぞ！

黒井、青井、佐渡、ツバルトキアン、協会員、杉田、去る。
その姿を見た瞬間、清水、へなへなと座り込む。
竹森、逃げる姿を取りながら、

竹森　平山、ジャパレンジャーのリアクション！
平山　混乱したまま喜んで！

大石　隊長！　大丈夫ですか！　隊長！　逃げて行きますよ！

清水　……。

暗転。

アクト14

飛び出てくる青井と佐渡。

佐渡　蛍！　大丈夫か？　ケガはないか？
青井　健吾、私を探してくれたの!?
佐渡　ずっと後をつけてたんだ。蛍！　戻ったんだね！　戻ったんだね！
青井　……そうか。あたし、地球人的にはちょっとやせて、若返ったんだ。
佐渡　よかった。本当によかった。

佐渡、青井を抱きしめる。
キスしようとして、

佐渡　（急に止まり）また、あの姿になるのかな。
青井　黒井さんの考えなんだけどね、
佐渡　え？
青井　メタモルフォーゼには、ものすごいエネルギーが必要なの。普通は一回だけなのに、私は二回したから、常に、二回目の姿を維持するために心の深い部分で意識を集中させてたんじゃないかって。
佐渡　それで？
青井　その集中が昨日の夜、切れたんじゃないかって。私、エピクラル人だって初めて告白して、健吾、受け入れてくれたでしょう。それから、
佐渡　それから？
青井　……こゆいエッチしたし。
佐渡　（照れて）うん。
青井　それで、心の底からホッとしたんだと思う。だから、二回目の姿を維持する緊張がとけたのかなって。
佐渡　それまでは僕の前でずっと緊張してたっていうこと？
青井　ごめんね。でも、エピクラル人って知られたら終わりだと思ってたから。
佐渡　じゃあ、もう、蛍は僕の前でリラックスしてるの？
青井　うん。もう何も隠してない。

佐渡　ということは、エッチして、またホッとしたらあの姿になるってこと？
青井　ちょっとふっくらするかな。
佐渡　蛍。
青井　私、健吾のこと大好き。健吾は？
佐渡　もちろん、好きだよ。
青井　だったら問題ないじゃない。ちょっとやつれて顔が大きくなっても私は私だよ。

間。

佐渡　エピクラル人の蛍には、分からないかもしれないけど、ふっくらするかどうかは、僕には大問題なんだ。
青井　嘘でしょう。本当に宇宙人よりも、顔の大きさが問題なの!?
佐渡　自分でもこの感情が説明できない。
青井　じゃあ、前の姿に戻らないように、エッチしなければいいんじゃない？
佐渡　蛍はそれでいいの？
青井　嫌だけど、健吾と別れるよりはましだから。
佐渡　僕は嫌だ。

青井　そんなにしたいの？
佐渡　したい。この感情も処理できない。どーにもできない。
青井　……だったら、私、絶対にエッチの間、リラックスしないよ。それなら、
　　　ふっくらしないと思うから。
佐渡　それはどうなんだろう？
青井　どうって？
佐渡　いや、全然リラックスしてない相手とエッチするっていうのは……
青井　大丈夫だよ。私、演技するから。今までも演技してきたんだし。
佐渡　えっ、そうなの？
青井　私、いったことないよ。
佐渡　ええー!?
青井　だって、ずっと緊張してたんだもん。でも、分からなかったでしょう？
佐渡　人生の衝撃の会話、ベスト1です。
青井　だから大丈夫だって。これからもエッチできるよ。
佐渡　いや、そんなさわやかな顔で言われても。
青井　ダメなの？
佐渡　ダメとかって問題じゃなくてさ……（ふと）ねえ、そもそも、どうして、
　　　その姿に戻ったの？

青井　えっ？

佐渡　蛍、うんとリラックスしたのに、どうして戻ったの？　戦いと関係あるの？

青井　……私にも分からない。

と、黒井とツバルトキアンが走って来る。

黒井　陛下！　ここにいらしたのですか。大丈夫ですか？

青井　ええ。黒井さんは？

黒井　大丈夫です。すみません。ツバルトキアンが興奮したばっかりに。

ツバル　あいつらが悪いんです。

青井　……（ツバルトキアンを見る）

ツバル　何よ。

黒井　陛下、今日はもうお帰りください。また、何が起こるか分かりません。

（佐渡に）送ってもらえるかな？

佐渡　自分の家に帰るだけだよ。

青井　明日、朝一番でバイトをやめてきます。

黒井　えっ？

青井　もうそんな時間はないんでしょう？
黒井　ええ。忙しくなります。
青井　それでは明日。
黒井　お気をつけて。（佐渡に）頼むぞ。

青井と佐渡、去る。

ツバル　あんな小娘にエピクラル人の未来を託すの？
黒井　小娘じゃない。エピクラル皇室第83代女王だ。
ツバル　一緒にいた、子供か大人か分かんない、ニヤけた男はなんなの？
黒井　陛下の婚約者の地球人だ。
ツバル　婚約者の地球人!?　大丈夫なの!?　ちゃんとした男なんでしょうね。
黒井　ツバルトキアン、今日みたいなことは二度と許さない。もし、またやったら、
ツバル　やったら？
黒井　私達の関係は終わる。
ツバル　……。
黒井　愛しているんだ。

ツバル　えっ
黒井　私を助けてくれ。

声が飛ぶ。

声　黒井さん！　仲間がやられてます！
黒井　ツバルトキアン、お前は戻れ。
ツバル　だけど、
黒井　戻れ！（声のした方向に）今、行く！

黒井、声のした方向に去る。
ツバルトキアン、反対方向に去る。

アクト15

竹森と平山が歩いている。

平山　竹森さん。
竹森　平山、お前、ジャパレンジャー、殴っただろう。
平山　えっ。
竹森　ジャーナリストは中立なんだ。次またジャパレンジャーに手を出したら、クビだぞ。
平山　竹森さんは私達の味方じゃないんですか？
竹森　味方？　なんのことだよ？
平山　エピクラル人を救いたいって竹森さんが言ったから、僕は黒井さんを紹介したんですよ。竹森さんはただ、面白い番組を作りたいだけなんですか？　そのためなら、ジャパレンジャーの味方にもなるんですか？

竹森　お前、ディレクターになりたいんじゃないのか？
平山　それとこれとは、
竹森　関係ある。いいか、作品を創るってのは悪魔に魂を売ることなんだよ。
平山　そんなのカベンです！
竹森　詭弁《きべん》だよ。
平山　そんなの詭弁です。竹森さんは差別される僕達の気持ちなんか分かってないんです。
竹森　分かるさ。
平山　嘘です。
竹森　分かるさ。（と、指でスナップ）

音楽が始まる。（前奏）

平山　なんですか？
竹森　今から、俺がものすごく深刻な告白をする。そのまま言うと重すぎてお前もどうしていいか分からなくなると思うから、ここだけミュージカルにする。
平山　ミュージカル!?

竹森、バッグから（ポケットから）マイクを取り出して歌い始める。
バックダンサーも登場する。

竹森　♪唇に歌を乗せれば、心の重い扉も開いていく〜。
コーラス　扉イズオープニング〜。
竹森　聞いてくれ〜。
コーラス　聞きましょう〜。
竹森　俺の父親は日本人じゃな〜い。
コーラス　ノージャパニーズ〜。
竹森　だから、俺の国籍も日本じゃな〜い。税金払ってるけど、選挙権はな〜い。
コーラス　ノー選挙権〜。
竹森　俺の母親は特別な地区の出身〜。
コーラス　スペシャル・エリア〜。
竹森　マージャンを知っているかい？　これだけでリャンファン。ポイント2。
コーラス　リャンファン〜。
コーラス　リャンファン〜。
竹森　さらに俺はゲイ〜。

コーラス　シャバドゥビタッチ〜ゲイ〜。

竹森　さらにひどい水虫〜〜。

コーラス　おーテリブル水虫〜。

竹森　これで4つ。スーファン。なんとマンガン〜。

コーラス　マンガン〜。

竹森　差別でマンガン〜。差別でマンガン〜。八千点〜！　笑うしかない〜。（アップテンポのラップになって）レッツゴー！差別、差別、みんな大好き。口じゃあ綺麗事言って、区別して、選別して、識別して、差別してないって差別する。特別に峻別して判別して格別な言葉でごまかして、分別《ふんべつ》みせて、燃えないゴミに分別《ぶんべつ》して仲間を鑑別送って、優しさの送別、希望は別々、流されて登別《のぼりべつ》、女満別《めまんべつ》、中標津《なかしべつ》！　悪意なんか千差万別、ぶつけるキャベツ、芽キャベツ、赤キャベツ、花キャベツ、ロールキャベツ、歌え人種差別、男女差別、年齢差別、地域差別、パート差別、民族差別、階級差別、遺伝子差別、みんな大好き、差別爆発！　差別でマンガン〜！　差別でマンガン〜！　ライフイズビューティフル！　サンキュー！

歌、終わる。

竹森　……本日はどうもありがとうございました。

ダンサーもお辞儀をして、素早く去る。

平山　コメントの言葉が見つかりません。
竹森　ディレクターになりたいんなら、俺の忠告に従え。
平山　は、はい……。

竹森、去る。
平山、啞然としたままついていく。
暗転。

アクト16

青井の姿が浮かび上がる。ただし、少し若く、派手な印象。髪も染めている。

エプロンをつけて包丁を持ち、料理をしている。

そして、若い印象のツバルトキアンに見える男が出てくる。それはツバルトキアンではなく伴将人《ばんまさと》。

青井　お帰り。もう作り始めちゃったよ。シチューは時間かけた方が美味しくなるからさ。ね、包丁ってこれ一本だけ？　もうちょっとよく切れる包丁ってないの？　将人、ほんとに料理しないんだね。

伴　……お前は誰だ？

青井　えっ？　将人、どうしたの？

伴　お前は遥《はるか》じゃない！

青井　何言ってるの。遥だよ。

伴　遥。

伴、そう言って、後ろに声をかける。青井とまったく同じ姿の人間（藤原遙）が浮かび上がる。

藤原（声）　はい。

伴　遥はここにいる。

青井　何言ってるの!?　あんた、誰よ！

藤原（声）　遥だよ。

青井　何言ってるの!?　あたしが、遥だよ。（ハッと）将人、宇宙人だよ！

こいつ宇宙人だよ！　あたしに変身したんだよ！

伴　（青井に）俺たちが二人で初めて見た映画はなんだ？

青井　えっ……それは……

伴　俺たちが初めてキスした場所はどこだ？

青井　えっ……なんで、なんでそんなこと言わないといけないの？

伴　俺たちが初めて旅行に行ったのはどこだ？

青井　沖縄だよ。

伴　沖縄のどこだ？

青井　沖縄は沖縄だよ。何言ってるの⁉

藤原（声）　北谷《ちゃたん》とコザだよ。

青井　だから、沖縄でしょう。

伴　お前は遥じゃない。宇宙人だ。

青井　違うよ！　こいつが宇宙人なんだよ！

伴　沖縄で泊まったホテルの名前は？

青井　……。

伴　どうしてだ！　どうして、遥に変身したんだ！

青井　あたしは遥だよ！

伴　お前は遥じゃない！　遥のコピーだ！

青井　ディズニーシーに行ったのは私だよ！　京都に一緒に旅行したのは私だよ！　太秦《うずまさ》の映画村で遊んだのは私だよ！

伴　お前はニセモノの遥だ！

青井　将人、私のこと、好きだって言ってくれたじゃない！　私のこと、抱きしめてくれたじゃない！　一生大切にするって約束してくれたじゃない！

伴　……どうして俺をだましたんだ？　どうして遥に変身したんだ？

青井　……そうしないと、将人、愛してくれないじゃない。

伴　なに？

青井　私はあいつより、何千倍も将人を愛してる自信があるよ！　何万倍も将人のことを思ってるんだよ！　私が本物の遥だよ！　本物の遥になったんだよ！　あいつがニセモノの遥なんだよ！

伴　お前は遥になれない。お前はニセモノの遥だ。

青井　将人！

藤原（声）　あんたはニセモノだ！　ニセモノの宇宙人だ！

青井　うるさい！

青井、包丁を手に突進する。

青井　お前がニセモノなんだ！

伴　やめろ！

藤原（声）　（悲鳴）

暗転。

アクト17

光の中に、弁当が入ったビニール袋を持った清水が浮かび上がる。
心の声が聞こえて来る。

清水（声）　あの子はいなかった。昨日のことを聞きたかったのに。何かの間違いに違いないんだ。彼女が宇宙人で女王で恋人がいるなんて、何かの間違いなんだ。え？　宇宙人なんだから、その時点でダメじゃないか。えっ？　宇宙人だとなんでダメなんだ？　宇宙人でもいいんじゃないか？　えっ？　俺、何言ってるんだ？　俺は日本防衛隊の隊長だぞ。これじゃあ、まるで、ロミオとジュリエットじゃないか。俺、ロミオ？　そうかあ。俺はロミオか。かっこいいなあ。

と、大石がタブレットを持って走って来る。

大石　隊長！　大変です！　これを見て下さい！

大石、タブレット画面を清水に見せる。

「だめ！　戦ってはだめなの！」

舞台の後ろのスクリーンに、映像が映される。

清水　これは！

大石　昨夜の渋谷の様子です。

清水　お、俺だ！

大石　あの竹森とかいうジャーナリストですよ。勝手にネットに上げてます。

清水（声）　やっぱり、彼女はかわいいなあ。つきあいたいなあ。いいなあ。

大石　隊長、どうしましょう？

清水　えっ、どうって、

大石　ものすごい勢いで見られています。昨日の深夜にアップされて、もう百万ビュー、越してます。

清水　百万ビュー……すごいな。

「戻ったんだね！　蛍！　戻ったんだね！」という佐渡の映像。

清水（声）　このニヤけたとっちゃん坊やが恋人なのか？　若いのか大人なのか全然、分かんないな。それなりにイケメンじゃねーか。悔しいなあ。

大石　すぐに削除するように竹森に言いますか。

清水　どうして？

大石　どうしてって、我々の許可をとってないんですよ。

清水、画面を見る。
戦いの中で、青井が蹴り、スカートが舞い、パンツがはっきりと映っている。

清水（声）　パ、パンツ……。

大石　隊長。隊長、どうしますか？

清水　今さら削除しても、コピペされまくってるだろう。それより、反応はどうなんだ？

大石　それが、入会の申し込みメールが朝から千通を超しています。

清水　いいじゃないか。面白くなってきたな。

大石　隊長、これからどうしたら？

清水　この画面に映っている奴らの情報を集めるんだ。特に、このニヤけた

大石　とっちゃん坊やを中心にな。
清水　分かりました。
大石　じゃあ、俺、飯食うから。今日も新宿の演説からだよな。
清水　え、あ、はい。お弁当、買ったんですか。
大石　ああ。いつも言ってるだろう。自分で買うって。
清水　いえ、あの、
大石　なんだよ？　文句あるのか？
清水　いえ、なんでもないです。

清水、去る。
大石、その姿を見つめ、そして去る。

アクト18

アパート。
青井と佐渡の前に、黒井、竹森、平山そして、ツバルトキアンがいる。
青井と佐渡がパソコンを見ている。

竹森　すごいですよ！　もうすぐ150万ビューです！　いやあ、青井さん、あなた、ドラマ持ってますね。間違いなく、エピクラル人の中心になれます。
青井　そうですか……。
黒井　ついさっき、複数のテレビ局から出演依頼が来ました。
佐渡　テレビ局……。
竹森　出られるだけ出て、青井さんの認知度を上げましょう。一番高く買ってくれる局に番組を売り込みます。

黒井　それと、今日から皇室関係のレクチャーにツバルトキアンがあたります。
青井　レクチャー。
ツバル　皇位継承権第76位の私が、9位のあなたに教えるなんてありえないんですけどね、黒井さんが私じゃなきゃできないってあんまり言うから、私、あなたより、皇室関係の儀式とか作法の知識、豊富なんですよ。はっはっはっ。
平山　性格、ものすごく悪いですよね。
黒井　ただ、ひとつ、困ったことがあるんですよ。
青井　なんです？
竹森　この映像が見られるたびに、エピクラル皇室第83代女王と抱き合っている男は誰だって、ネットで盛り上がるんですよ。
青井・佐渡　えっ？
黒井　佐渡さんは路上アーティストなんですよね。
佐渡　ええ。道で相手に相応しい言葉と踊りを売っているんです。
黒井　今、それを見せていただけませんか？
佐渡　今？　どうしてですか？
黒井　私達は陛下に関することを全て知っておきたいんです。
青井　健吾。

佐渡　……分かりました。ちょっと待って下さい。セッティングしますから。

佐渡、去る。

竹森　平山、カメラの準備。
平山　喜んで。

平山、バッグからカメラを出す。

竹森　（青井に）元の姿に戻ったのはいいんですけど、理由が分からないのは不安なんですよね。本当に心当たりはありませんか？
青井　……はい、すみません。
ツバル　（青井に）ねえ、昨日、私のこと、地球人の名前で呼ばなかった？
青井　いいえ。聞き間違いじゃないですか。昨日は混乱してたから。
ツバル　そうよねえ。
青井　ツバルトキアンさんは、どこでメタモルフォーゼしたんですか？
ツバル　あたし？　長野。どうして？
青井　いいえ。なんとなく。

佐渡がいつものストリートの準備をして出てくる。

佐渡　お待たせしました。誰の言葉を書きましょうか？
竹森　じゃあ、私に書いてくれますか？
佐渡　分かりました。あなたの魂が求めている言葉を書きます。
竹森　平山。
平山　（カメラを構えて）すでに喜んで。
佐渡　あなたの魂と直接握手します。私の目を見て。うーん……来た来た来た！（書きながら）あなたの魂の声が聞こえました。あなたに相応しい言葉はこれです。……「下半身外道」！
竹森　えっ？
佐渡　それでは、「下半身外道」の踊りを。

佐渡、「下半身外道」の踊りを始める。
「かはんし～ん、かはんしん！　げ、げ、げっ！」
竹森、それを見て、

竹森　平山、撮らなくていい。

平山　えっ。でも、

竹森　いいから。

平山　はあ……

佐渡、踊り終わる。

沈黙。

黒井　それじゃあ、陛下、我々は一度協会に戻ります。

青井　もう一人、どうですか？（佐渡に）ねえ。

黒井　失礼します。

竹森　青井さん、すぐに連絡します。忙しくなりますよ。

黒井、竹森、平山、ツバルトキアン、去り始める。

青井　（去る人達に）佐渡の言葉と踊りは、安易な慰めや人生訓に対する抗議であり、相田みつを的世界観の否定なんです。ファンタジーではなくリアルを、

黒井達、いなくなる。

青井　……ごめんね。

佐渡　蛍が謝ることはないよ。しょせん、あんな奴らには、僕の芸術は分からないよ。

青井　あんな奴ら?

佐渡　あ、いや。とにかく、僕の芸術を理解できる人間は少ないんだ。

青井　……。

佐渡　無理しちゃ、ダメだよ。

青井　えっ?

佐渡　今朝、うなされてたよ。寝言で叫んでた。

青井　なんて?

佐渡　「うるさい」とか「ニセモノはお前だ」とか。

青井　……そう。

佐渡　蛍のことが心配なんだ。

青井　大丈夫。健吾に守ってもらうから。

佐渡　……じゃあ、仕事に行って来る。

青井　うん。

出かけようとする佐渡。
見つめる青井。
暗転。

アクト19

電話をしている黒井が浮かび上がる。

黒井　はい。最初の番組は、明日、昼12時からのワイドショーですね。もちろんです、竹森さん、ネットで告知して、一杯盛り上げましょう。

電話を切る黒井。
ツバルトキアンが登場。

ツバル　彼女は女王に相応しくない器ですよ。だから、ろくでもない地球人を選ぶんです。
黒井　……
ツバル　あんな地球人を夫に持つ女王で、エピクラル人はまとまりますかねえ。

ものすごい反発が来るんじゃないですかねえ。

黒井、去る。

黒井　アビルタフリ！

ツバルトキアンも追って去る。
路上で佐渡が店を広げている姿が見える。
女性レポーターとカメラマンがやってくる。

レポーター　あー、この人です。今、話題のエピクラル人女王の恋人！　すみません！　自称芸術家の佐渡健吾さんですよね。
佐渡　なんだ、お前らは!?
レポーター　すみません。私に魂の言葉をお願いします。
佐渡　ひやかしなら帰れ！
レポーター　真剣ですよー！　えー、佐渡さんはお客さんを差別するんですかー。佐渡さんの芸術作品を見たいんですよー！

別な男性レポーターがやってくる。カメラマンと一緒。

男性レポーター　あ、いました！　今話題のエピクラル女王の逆玉《ぎゃくたま》、佐渡さんです。すみません！　地球人として宇宙人の女王のヒモになるっていう気持ちはどうですか？

女性レポーター　佐渡さん、お願いしますよ！

男性レポーター　佐渡さん、今の気持ちを教えて下さい！

佐渡、憮然とした顔になる。

別空間に一人でアパートにいる青井が浮かび上がる。

ドアが激しくノックされる音。

青井　（ビクッと）はい？　……どなたですか？　……健吾？　健吾なの？

反応はない。

と、また激しくドアがノックされる。

青井　誰！

声　（突然）宇宙人は出て行けー!!

あとずさりする青井。

一方、レポーター達に追い込まれて後ずさりする佐渡。

二人の背中が舞台の真ん中で出会う。

暗転。

アクト20

楽屋。
清水と大石がいる。
竹森が入ってくる。

竹森　おはようございます。出演を引き受けていただいて、ありがとうございます。
大石　もう二度と、許可なく映像をネットにアップしないでよ。
竹森　時間との勝負だったんですよ。すみませんねえ。
大石　反省してるの？
竹森　もちろん。清水隊長！　ガツンとやっつけて下さいね。このワイドショーは、視聴率がコンスタントに10％近くありますからね。
清水　10％!?

竹森　ネットはすごい祭ですよ！　ジャパレンジャーが宇宙人の女王をやっつけるって！　頼みますよ！
清水　ああ。分かってる。
竹森　それじゃあ、出番まであと30分ぐらいです。よろしくです！

竹森、出る。外には平山が待っている。
別空間の楽屋に青井と佐渡が浮かび上がる。緊張した顔。
その前、楽屋の廊下に黒井とツバルトキアンがいる。

黒井　中の様子は？
ツバル　なんだか静かです。

竹森が近づく。平山も一緒。
（清水と大石の姿、見えなくなる）

竹森　なんで、佐渡まで来てるんだ!?
黒井　どうしても一緒に来て欲しいって、陛下が頼んだんです。
竹森　出演したいなんて言うんじゃないだろうな。

黒井　まさか。陛下、少しナーバスになってるんです。
竹森　ナーバス？
ツバル　昨日の夜、アパートのドアが何回も叩かれたそうです。
竹森　なに？
黒井　夜の時点で、５００万ビュー超えましたからね。この女は誰だっていう
　書き込みに、あっというまに、住所がさらされて。
竹森　それで？
ツバル　夜中に、身の危険を感じて二人でホテルに移動したそうです。
黒井　今日からは協会に泊まってもらおうと思ってます。
竹森　そうですか。……青井さん、失礼します。

竹森、黒井、楽屋に入る。
ツバルトキアンと平山は入らず外で待つ。

竹森　大変でしたね。黒井さんから聞きました。
佐渡　出演をキャンセルした方がいいんじゃないですか。
青井　健吾。
黒井　そんなことをしたら、余計、大騒ぎになります。

佐渡　どうして？

竹森　ネットじゃあ、大注目なんですよ。エピクラル人の女王が何を言うのか。もし出なかったら、大炎上して事態はもっと悪化するでしょう。

佐渡　蛍が襲われたら、どう責任を取るんだ？

竹森　襲われないようにするために、テレビで訴えるんです。

黒井　エピクラル人の思いのたけをぶつけられるチャンスなんです。

佐渡　だけど、

青井　健吾。大丈夫だから。

黒井　……佐渡さん、ちょっとお話があるんです。陛下、少しの間、佐渡さんをお借りします。

青井　えっ、あの、

竹森　大丈夫、少しの時間です。

青井　でも、

竹森　すぐ終わりますから。

青井を残し、黒井、竹森、佐渡、部屋を出る。

黒井　こちらの部屋にどうぞ。

竹森、佐渡を導く。
ツバルと平山もついてくる。
そこは別の部屋になる。
（青井の姿、見えなくなる）

アクト21

別な楽屋。
佐渡を黒井、竹森、ツバルトキアン、平山が取り囲む。

佐渡　なんですか？
竹森　佐渡さん。あなたをプロデュースさせてくれませんか？
佐渡　プロデュース？
竹森　路上アーティストについて調べました。中には、本を出版して人気の人もいるじゃないですか。
黒井　佐渡さん、あなたに陛下の恋人として、恥ずかしくないアーティストになって欲しいんですよ。
佐渡　恥ずかしくない？
竹森　平山。

平山　はい。

平山、カバンを持ち出す。

竹森　マスコミに見せる、あなたの作品を作ってみました。
佐渡　なに？

平山、ヘタウマに書かれた文字を出す。その文字は佐渡の文字と同じ。

平山　「雨が降るから虹がでる」
竹森　希望です。路上アーティストの基本ですね。それから、
平山　（紙を見せて）「諦めたらそこで試合終了、と俺も思う」
竹森　有名な言葉を大胆に取り入れ、さらに、
平山　（紙を見せて）「言葉はいつも思いに足りない」
竹森　高級そうにみせて、
平山　「喜びも悲しみも心が決める。にんげんだもの」！
竹森　素晴らしい！　これなら、佐渡さんも間違いなくメジャーになれます。
佐渡　ふざけるな。こんなのはただの言葉遊びだ。

竹森　佐渡さんの作品を可能な限り見ましたが、はっきり言って、こっちの方が水準は上でしょう。
佐渡　俺の作品は芸術なんだ。お前達に、何が分かる！

佐渡、部屋を出ようとする。

黒井　そうですか。我々の善意を受け止めていただけませんか。
佐渡　善意？
黒井　佐渡さん。陛下と別れてくれませんか。
ツバル　アビルタフリ。
黒井　困るんですよね。女王の婚約者がクズ人間では。
竹森　わお。
佐渡　なんて言った？
黒井　クズでしょう。自称アーティスト。自称ならなんでも言えますからね。
佐渡　貴様。
黒井　経歴を調べさせていただきました。佐渡さん、高校時代からずっと「芥川賞を取る」って言い続けてますね。けれど、いろんなコンクールに応募しても佳作にも入選しない。やがて、俳優の養成所に何カ所か通った。

佐渡　でも何の仕事もない。佐渡さん、あなた、本当にアーティストですか？　私には、ただのごくつぶしに見えますけど。

黒井　……。

佐渡　そのアートで金を稼いでいるのならまだしも、陛下の婚約者が30歳過ぎて、深夜の牛丼屋のバイトじゃ、エピクラル人は絶対に納得しませんよ。

黒井　俺の勝手だろう！

佐渡　このまま、結婚してヒモになるんですか？　エピクラル人があなたを養うんですか？　冗談じゃない。佐渡さん、陛下と別れてくれませんか。いや、別れるべきです。あなたは陛下と住む世界が違うんです！

佐渡、部屋を出る。

黒井　（その背中に）佐渡さん！

それを見つめている黒井、竹森、ツバルトキアン、平山。

アクト22

青井の楽屋。
青井の姿が見えてくる。
佐渡、戻ってくる。
（黒井、竹森、ツバルトキアン、平山の姿は見えなくなる）

青井　おかえり。
佐渡　……。
青井　なんだったの？
佐渡　いや、細かい打ち合わせさ。これから忙しくなるから。
青井　健吾、大丈夫？　顔色、ちょっとよくないよ。
佐渡　大丈夫だよ。蛍の方こそ、大丈夫？
青井　……本当にこれでいいのかな？

佐渡　えっ？

青井　テレビに出たら、もう、後戻りできないよね。やっぱり、やめた方がいいのかな。

佐渡　……蛍を大勢が待ってる。蛍はみんなの希望なんだ。

青井　私、希望になれるかな。

佐渡　大丈夫。蛍ならなれるよ。

青井　うん。……健吾。ギューってして。

佐渡　うん。……（佐渡、ためらう）ぁ。

青井　（気付いて）ちょっとふっくらするかも？

佐渡　（うなづく）

青井　大丈夫。リラックスなんか絶対できない状況だから。

佐渡　蛍。

青井　健吾。

ぎゅーっとする佐渡。

明かり落ちて、すぐに別空間に清水の楽屋。

大石　隊長、とうとう、地上波のテレビに出るんですね。

清水　ああ。
大石　ありがとうございます。
清水　えっ？
大石　私、隊長について来て本当に幸せだと思っています。
清水　どうしたんだ？
大石　私なんか、なんの取り柄もない平凡な女で、自信もないし、バカだし、なのに、こんな場所にいられるなんて。
清水　まだまだこれからなんだぞ。
大石　分かっています。不逞宙人《ふていちゅうじん》を一人残らず日本から追い出すまでがんばります。だいたい宇宙人のくせに女王ってふざけてますよね。あのチュウ、日本人をナメてるんですよね。
清水　……。
大石　隊長？

清水、去ろうとする。

大石　どちらへ？
清水　トイレだ。

清水、去る。
暗転。
始まりの音楽が聞こえる。
すぐに別空間に竹森が出てくる。平山も一緒。

平山　竹森さん、いよいよですね！
竹森　平山、テレビでしか動かないアホ達をよく見てろよ。番組が終わったら、風景が変わってるぞ。
平山　ドキドキで喜んで！
竹森　（時計を見て、ドアを開け）青井さん。時間です。そろそろ行きましょう。
青井B　はい。分かりました。

出てきたのは、青井B。少しふくよかで老けている方の青井。

竹森　（悲鳴）佐渡！　どういうことだ！

佐渡、困惑した顔で出てくる。

佐渡　こんなことになりました。

竹森　こんなことって、お前、やったのか!?　やっちゃったのか!?　お前が「下半身外道」だ！　黒井さん！（平山に）黒井さん！　呼んでこい！

平山　はい！

平山、去る。

佐渡　やってないですよ！　ただ、ぎゅーっとして、ぶちゅーっとして、そしたら、

竹森　ぎゅーっとしてぶちゅー!?　なんだそれは!?　そっからやったんだろ！

青井Ｂ　こんな短い時間に!?　お前たちはチンパンジーか!?

竹森　違うわよ！　健吾は私にいっぱいの愛をくれたの！

佐渡　いっぱいの愛!?　なんなんだ、佐渡！

青井Ｂ　だから、ぎゅーとしてぶちゅーってしたら、蛍、心底安心したんだと思う。

佐渡　そうよ。とろけそうになったのよ。

　　で、奥底の緊張が溶けて、あれよあれよという間に、むくむく大きくなって、

竹森　なんで!?　エッチしないと変わらないんじゃなかったの？
青井Ｂ　バカねえ。女は優しくギューッってしてもらうだけで、エッチ以上に満たされることがあるのよ。知らないの？
竹森　知りたくもない!!
青井Ｂ　さ、時間よ。行きましょう。
竹森　うるさい！　お前は、楽屋から出るな。
青井Ｂ　どうして？　みんな、私を待ってるのよ！
竹森　お前は待ってない！

黒井とツバルトキアン、そして平山が飛び込んでくる。

黒井　どうしたんです!?
竹森　この通りです！
黒井　なんだ。またちょっと顔が大きくなっただけじゃないですか。さあ、出番ですよ。行きましょう。
青井Ｂ　はい。
竹森　ちがーう！　絶対にちがーう！　黒井さん。このプロジェクトは私に任せてくれるっておっしゃいましたよね。地球人の感性として、このまま

平山　じゃあ、絶対にダメなんです。
黒井　青井さんのコーナー、あと10分です！
ツバル　でも、どうすれば……。
竹森　私が出るわ。10分あれば、着替えてメイクできるから！
青井B　戻れ！　あと10分で元の姿に戻れ！
竹森　そんな、
　気合だよ！　そこは宇宙人も地球人も変わらないだろう！　人生、気合だ！
ツバル　服はこのままでもいいか！
黒井　顔が大きくなっても、出ないよりましでしょう！
平山　そうですよ！　逃げたって思われますよ！
竹森　ダメだ！　絶対にダメだ！
ツバル　メイクも別にいいか！
青井B　私じゃ、ダメなの？
竹森　ダメだ。
青井B　どうしても？
竹森　あんたが出たら、負ける。それがテレビなんだ！
ツバル　誰か受け止めて！　私の発言と存在を受け止めて！

青井Ｂ　健吾。なんか言ってよ！
佐渡　……。
青井Ｂ　健吾！
佐渡　もし蛍が地球人にいい印象を与えたいんだったら、その姿では出ない方がいいと思う。
青井Ｂ　健吾……。
佐渡　……。
青井Ｂ　……分かった。私はテレビに出ません。
黒井　陛下。
平山　あと7分です！
黒井　どうするんです！
竹森　戻れ！　戻るんだよ！
黒井　無理ですよ！
平山　竹森さん！
青井Ｂ　……あの、私とツバルトキアンさんだけにしてもらえませんか？
全員　えっ？
黒井　ツバルトキアンと？　陛下、まさか、ツバルトキアンに代わりに、
ツバル　やっと私の価値が分かったのね。

青井B　違います。ちょっとやってみたいことがあるんです。みなさん、部屋を出てもらえませんか？（佐渡と目が会う）
佐渡　僕もか？
青井B　うまくいけば、あなたの蛍が戻ってくるから。（黒井に）お願いします。
黒井　分かりました……。

黒井、竹森、平山、佐渡をうながし、部屋から出る。

ツバル　私は何をすればいいの？
青井B　私のこと、遥って呼んでくれる？
ツバル　遥？
青井B　そして、ギューってして欲しいの。

青井B、ツバルに飛びつく。
そして、いきなり、キス。

ツバル　……あんた、地球で言うレズなの？

青井B、さらに激しいキス。
暗転。

アクト23

音楽が始まる。

暗転の中、ＡＤの声が飛ぶ。

「スタジオ戻りまで、あと５秒！　４！　３！」

司会者の声が聞こえる。

「お待たせしました！　いよいよ、直接対決です！」

明かりつく。

そこはスタジオ。

青井と清水が少し離れて、向かい合っている。

見つめあう二人。


清水（声）　やっぱかわいいなあ。そんなに見つめないで。ダメだよ。見つめちゃダメだって。

少し離れて、清水の後ろに大石。
青井の後ろに黒井とツバルトキアン。
佐渡は楽屋のテレビで見ている。
竹森と平山は別空間（副調整室）にいる。

司会（声）　日本防衛隊清水隊長、それでは始めて下さい。

清水　いいですか。現在、年間3万人の日本人が自殺しているんですよ。懸命に働いても働いても豊かになれず、ホームレスになったり、生活保護を打ち切られたりする日本人が後を絶たないんです。なのに、お前達宇宙人は突然、宇宙からやって来て、何の努力もしないまま、住む所を手に入れ、優先的に生活保護を受け取っているんだ。お前達の存在自体が、日本人にとって害悪なんだ！　宇宙人は宇宙に帰れ！

清水（声）　嘘。帰らないで。帰ったらダメだよ。

青井　……私達を受け入れてくれた日本政府に対して心から感謝します。私達は確かに、住居を提供され、生活保護を受けている仲間もいます。けれど、この6年間で自立し、税金を払う仲間も増え続けています。

清水　お前たちが安い賃金で働くから、真面目な日本人の職場が奪われて、好きだ！

青井　えっ？
全員　？
大石　隊長？
清水　好き……でもない仕事をやればまだいいのに、お前達宇宙人が安い賃金で働くから、好きでもない仕事でも、日本人は働けなくなっているんだ。お前達宇宙人は、宇宙に帰るな！
全員　えっ？
清水　いや、宇宙に帰るなって決意してるんだろうが、ふざけるなだ！
竹森　今日の清水、おかしいぞ。どうしたんだ？
平山　テレビ出演で緊張してるんじゃないですか？
青井　私達は、宇宙人だと分かると、クビになるケースが多いんです。だから、一般的に低賃金と呼ばれる仕事しかできない仲間が多いんです。
清水　当たり前だろう。そもそも、お前達が日本にいることが間違ってるんだ。低賃金でも仕事があることが、ごめんね。
青井　え？
清水　ごめんね……という気持ちで生活するだけでは足らないんだ。お前達は害悪だ！　ゴキブリ以下だ！
青井　どうして？　どうしてそんなこと、言うんですか？　私達はどうしたら

清水　いいんですか？

竹森　だから……つまり、

　　　いいぞ、その顔！　視聴者は理屈なんか聞いてないんだ！　感情だよ！　情緒だよ！

清水（声）　ダメだって。その顔は反則だよ。惚れてまうやないかー！　ああ、もう惚れてるのか。どうしたらいいんだよ。もう、俺はどうしたらいいんだあ！

青井　私達は優先的に生活保護を受けているわけではありません。優先的な就職の斡旋もありません。低所得だから生活保護を受けるしかないんです。

清水　お前達が存在すると、日本人の血がにごるんだよ。

青井　それはつまり、私達は存在するなということですか？

清水　そうだ。

青井　どうしてですか？　どうして、存在してはいけないんですか？

清水　お前たちが宇宙人だからだよ！

竹森　よし！　視聴者は、そういう断定が大好きなんだよ！

平山　竹森さん……

青井　それ以外は？　それ以外の理由はないんですか？

清水　それ以外？

青井　私達が宇宙人だからダメなんですか？　理屈じゃないってことですか？

清水　それは……

青井　憎む理由はないんですか？　憎みたいから憎むんですか？　憎むことが目的なんですか？

清水　だから……

と、大石が飛び出す。

大石　お前達は6年前、地球に来た時に、コピーした人間を数千人単位で殺してるだろう！

青井　えっ!?

黒井　なんだって!?

大石　コピーしたことを責められたくないために、お前たちはオリジナルの人間を数千人、虐殺したんだ！

竹森　本当なのか!?

平山　まさか！

ツバル　どういうこと!?

青井　（思わず黒井を振り返る）

大石　だからお前たちは憎まれて当然なんだ！

黒井　デタラメだ！　なんの証拠があるんだ！
青井　証拠はあるの?!
大石　当たり前よ！　数千人を虐殺した証拠があるわ！
黒井　もし嘘なら、お前たちの組織を訴えるからな！

終わりの音楽が始まる。

司会（声）　おっと、予想もつかない情報に白熱した所で放送時間がなくなってしまいました！　残念です！　それでは、また、明日！

終了の音楽が盛り上がる。

竹森　プロデューサー！　編成と話させて下さい！
黒井　嘘だ！
大石　本当よ！
ツバル　証拠を見せろ！
大石　見せてあげるわよ！

混乱の中、暗転。

アクト24

清水の楽屋。

清水　すごいじゃないか！　大石！　どうして、そんな情報を知ってたんだ？
大石　えっ、そりゃあ、日本防衛隊も大きくなりましたからね。いろんな情報が入ってくるんですよ。
清水　どうして、事前に知らせてくれなかったんだ。
大石　ギリギリまで裏を取ってたんです。
清水　そうか。宇宙人の奴ら、なんてことをしてるんだ！　絶対に許せんな。

大石、携帯のメールをチェックして、

大石　この30分で、入会申し込みのメールが3万通、来たそうです。

清水　3万！　やるぞー！　この国を根本《こんぽん》から変えるからなー！

と、清水の携帯が鳴る。
清水が出ると竹森が現れる。

清水　はい。
竹森　竹森です。お疲れさまでした。
清水　あ、どうも。
竹森　さっそくですが、今晩9時の番組、出てもらえませんか？　対決の続きを生でぜひお願いしたいんです。
清水　今晩9時ってことは、
竹森　ええ。ニュースTV。すごい視聴率になりますよ。
清水　新しい日本のために、望むところです。
竹森　ありがとうございます。あ、その時、虐殺の証拠、お願いしたいんですが。
清水　証拠ですね。ちょっと待って下さい。（大石に）宇宙人の虐殺の証拠、今晩、9時までに用意してくれるか。
大石　分かりました。

清水　（竹森に）大丈夫です。
竹森　それじゃあ、詳しいことは、大石さんの携帯に、プロデューサーが連絡をいれますから。よろしくです。
清水　分かりました。（携帯を切って）ニュースTV、生出演だ。
大石　おめでとうございます！
清水　そこで証拠をぶつけるぞ。で、証拠ってなんだ？
大石　えっ……それは、まあ、
清水　なんだ？　映像か？　音声証言か？　書類か？
大石　本部に置いているので、取りに戻ります。
清水　だからそれはなんなんだ？
大石　映像です。
清水　どんな映像だ？　誰がいつ撮った？　どこで撮られたんだ？　どうやって手に入れた？
大石　だから……

間。

清水　まさか、お前、……やめろよ。証拠がないなんて言うなよ……

大石　証拠なんて、必要ないですよ！　奴らが地球人を殺したのは事実なんだから！
清水　お前、口からでまかせだったのか!?
大石　しょうがなかったんですよ。隊長、おかしかったから。
清水　おかしい？
大石　いつもなら、もっと簡単にチュウを追い込んでるのに、隊長、テレビなのに、追い込み、全然ぬるくて、
清水　いろいろと視聴者の反応を考えてたんだよ。
大石　嘘です。
清水　嘘？
大石　相手が『金太郎弁当』の女だからでしょう。
清水　わわわわ訳分からないこと言うなよ。『金太郎弁当』と追い込みとなんの関係があるんだよ。
大石　相手は宇宙人なんですよ！
清水　だからなんだよ？
大石　宇宙人なんか好きになって、恥ずかしくないんですか！
清水　好きになんかなってねーよ！
大石　嘘！

清水　嘘じゃねーよ！
大石　私は隊長の気持ちは全部分かるんです！
清水　でまかせ言ってんじゃねーよ！
大石　じゃあ隊長は誰が好きなんですか？
清水　誰って、
大石　あのキスはなんだったんですか？
清水　あのキス？
大石　半年前、みんなで飲んだ後、隊長と二人でタクシーに乗った時、隊長、私にキスしてくれたでしょう。
清水　えっ？
大石　えっ？
清水　いつ？
大石　だから、焼き肉とカラオケ行って、その後「笑笑《わらわら》」行った時。
清水　キス、した？
大石　覚えてないんですか!?
清水　すごく俺、酔ってなかったか？
大石　私をもて遊んだんですか!?
清水　キスぐらいいいじゃねーか！

大石　キスぐらいってなんですか！　じゃあ、隊長は尖閣《せんかく》諸島ぐらいって言うんですか！

清水　その例えは違うだろうっ！　……って言うか、どうすんだよ！　虐殺の証拠、突っ込まれるぞ！　シャレになんねーぞ！　ジャパレンジャー自体終わるぞ！

大石　……。

清水　大石、どうすんだよ！

大石、走り去る。

清水　大石！

清水、頭を抱え込む。

アクト25

青井の楽屋。
黒井、ツバルトキアン、竹森、平山がいる。

ツバル　（うろうろしながら）ね、どうしたらいいの？　どうするの!?
黒井　落ち着くんだ。
ツバル　だって、

青井Bが佐渡に連れられて奥から出てくる。

黒井　陛下、大丈夫ですか？
青井B　ええ。私、気を失っていたんですね。
黒井　スタジオを出た途端。ものすごく緊張してたんでしょう、それが一気に抜けて。

青井B　そうですか。どれくらい寝てました？

佐渡　一時間ぐらい。

青井B　そう。……私、また、ふっくらしたのね。

竹森　青井さん。今日夜九時、ニュースTVの出演が決まりました。

青井B　ニュースTV。

黒井　つらいかもしれませんが、ものすごい注目が集まっています。後には引けません。

ドアがノックされる。

黒井　はい！

声　佐渡さんのインタビューの時間なんですけど、いいでしょうか？

佐渡　インタビュー？

竹森　佐渡さんにインタビューの申し込みが殺到してるんです。

青井B　どうして？

竹森　当然でしょう。エピクラル人女王の婚約者の地球人なんですから。佐渡さん、お願いできますか？

佐渡　……。
青井B　健吾、無理しなくていいから。
黒井　そうだな。やめておいた方がいいな。
竹森　大丈夫です。（紙を取り出して）インタビューの想定問答集を作りました。基本コンセプトは、「女王の懸命な努力に心打たれて、ニートだった自分は、相応しい人間になろうと決めた」です。作品も用意しました。
平山　（紙を見せながら）「真実は一つ。おっぱいは二つ」
竹森　ギリギリ、佐渡さんのテイストに近づけました。
黒井　いや、しかし、やめた方がいい。
青井B　ええ。健吾は関係ないですから。
佐渡　いや、インタビュー、受けるよ。
青井B　健吾。
竹森　それがいい。うまく行けば、佐渡さんは、地球人とエピクラル人をつなぐ象徴になれる。目を通して下さい。

と、想定問答集を渡そうとする。
佐渡、それを無視して、

佐渡　場所はどこだ？
竹森　佐渡さん！
佐渡　俺は自分の言葉しか喋らないんだ。
青井Ｂ　健吾。

佐渡、出て行く。

竹森　平山。ついていけ。
平山　はい。

平山、出る。

ツバル　（青井Ｂに）大丈夫なの、あの人？
青井Ｂ　……。
黒井　陛下。お話があります。
青井Ｂ　なんです？
黒井　もし、虐殺が事実なら、
青井Ｂ　黒井さん。

ツバル　アビルタフリ。
黒井　25万人の宇宙人が変身したんです。我々の知らないことがあったかも知れません。
竹森　私もそう思います。
青井B　もし事実なら？
黒井　事実なら、私達はかなり危険な状況に追い込まれます。もう少し、時期が熟してから話そうと思っていたんですが、時間がありません。
青井B　なんです？
黒井　私は、エピクラル人だけの特別区を作ろうと思っています。
青井B・ツバル　特別区。
黒井　すでに、北海道の釧路の近くに5万人は住める土地を確保しました。エピクラル人だけで集団で移住しようと思います。そうすれば、日本人と対立する可能性はなくなります。
ツバル　本気で言ってるんですか？
黒井　もちろんだ。最終的には、周辺を広げて、25万人全員が住める土地を手に入れる計画です。
ツバル　「計画です」って、それが協会の方針なんですか？　みんな、移住すると思うんですか!?

黒井　だから、陛下の力が必要なんです。私達がひとつになれば、きっと、移住は成功します。
青井B　黒井さん。
ツバル　そんな、それは移住じゃなくて逃げじゃないですか!?
黒井　これしか、エピクラル人が幸福になる方法はないんだ。
竹森　逃げですよ。今、ここで戦わなくていいんですか?
黒井　差別が好きなこの国の人達は、絶対に私達を受け入れないんだ。
青井B　……。
黒井　ですから、もし虐殺の証拠が出ても、絶望しないで下さい。
青井B　……そうですか。
ツバル　虐殺なんか絶対にないわよ!
黒井　竹森さんがベッドがついた楽屋を取ってくれました。この話は、また後で。時間までお休み下さい。
青井B　……ええ。
黒井　(竹森に)陛下を案内してくれますか?
竹森　青井さん。その姿は……
青井B　大丈夫。休んで体力が戻れば、また、ツバルトキアンさんの力を借ります。

ツバル　……。
竹森　分かりました。（と、青井Bを導く）
青井B　あの……健吾は、
黒井　戻ってきたら、新しい楽屋の場所をお伝えします。
竹森　どうぞ。

青井B、竹森が導いて去る。

ツバル　エピクラル人の街ってことは、地球人の夫はどうなるの？
黒井　エピクラル人しか住んでない街を作るんだ。
ツバル　だって、女王は認めないでしょう。
黒井　陛下には納得してもらう。
ツバル　女王に命令するの？
黒井　違う。エピクラル人の幸福を目指すのが皇室の仕事だ。
ツバル　仕事って……皇室には、まず尊敬でしょう？
黒井　エピクラル星にいる時は、皇室は必要ないと思ってたよ。
ツバル　えっ？
黒井　ニュースTVのプロデューサーに会ってくる。

去る黒井。
複雑な顔で見つめるツバルトキアン。

アクト26

清水の楽屋。
混乱している清水。
ノックされる。

清水　（反射的に）大石、お前！

藤原遥が入ってくる。それは青井と瓜二つ（服は、アクト16に出てきた本物の藤原遥と同じ）。
驚く清水。

清水　えっ!?　あの、君は、どうして、ここに!?
藤原　私の名前は藤原遥よ。

清水　えっ？
藤原　宇宙人じゃないわ。人間よ。
清水　えっ、ということは……
藤原　青井蛍って名乗る宇宙人にコピーされた、オリジナルの人間よ。
清水　なるほど……。
藤原　驚いたよ。昨日から大騒ぎ。電話は鳴りっぱなし、メールもメッチャ来るし。お前は宇宙人だったのかって。違うって。
清水　あなたが彼女のオリジナル……。
藤原　そうよ。あたし、ジャパレンジャーの隊員だからね。長野支部に三カ月前に入ったんだから。
清水　あ、それはどうも。
藤原　ムカつくよね。
清水　え？
藤原　あの不逞宙人。あいつのおかげで、私、街も歩けなくなってるんだから。
清水　そうですか……。
藤原　昔、会ったことがあんのよ。あいつ、あたしの姿に変身して、あたしの恋人、奪おうとしたことがあんの。サイテーでしょ。
清水　いつですか？

藤原　三年ぐらい前。そん時は、なんとか彼が見抜いたんだけどさ、あのチュウこんな形でまた出てきやがった。
清水　……。
藤原　あいつほんとにウザイ。コピーがオリジナルより有名になっていいわけ？　ねえ、どうすんの？
清水　どうって？
藤原　当然、殺すよね。
清水　えっ？
藤原　隊長、よく演説で、宇宙人を殺せって言ってるじゃないの。殺すよね。
清水　えっ……
藤原　数千人も虐殺されたんだからさ。宇宙人一匹ぐらい殺しても問題ないっしょ。
清水　いや……
藤原　嘘なの!?　普段、言ってること、嘘なの!?
清水　嘘じゃないよ。
藤原　じゃあ、殺して。そしたらあたし、隊長の言うこと、なんでも聞いてあげる。
清水　なんでも？

藤原　なんでも。

清水　いや、でも殺すって……

藤原　だって、あいつ、昔、あたしを殺そうとしたんだよ。自業自得だよ。

清水　えっ？

清水に近づき、体を触る藤原。

藤原　ねえ、殺して。

後ずさりして去る清水。

触ったまま、追いかけて去る藤原。

アクト27

別な空間に佐渡が浮かび上がる。

インタビュー1　どこで女王と出会ったんですか？
佐渡　彼女は僕の路上アートを買ってくれたんです。
インタビュー2　女王はあなたをアーティストだと思っているんですか？
佐渡　もちろんです。僕のアートを応援してくれています。
インタビュー3　世間では売れないアーティストの逆玉って言われてますが、どう思いますか？
佐渡　どうって、その言い方は失礼でしょう。
インタビュー4　ですが、佐渡さんの売名行為じゃないかって世間じゃ言われてますよ。
佐渡　違いますよ。
インタビュー1　もし、地球人の虐殺が本当でも、あなたは女王を愛してるんですか？

佐渡　えっ？　それは……

インタビュー2　宇宙人側は、フリーターの佐渡さんとの結婚に反対している人が多いそうですが、いかがですか？

佐渡　いかがって、なんですか？

インタビュー3　女王だって知ってたからくどいたんですか？

佐渡　違いますよ！　失礼だぞ！

インタビュー4　佐渡さん、作品を見せて下さい！

インタビュー1　宇宙人は夜中にスライムに戻るっていうのは本当なんですか？

佐渡　そんなわけないでしょう！

佐渡、紙に文字を書き始める。

インタビュー2　宇宙人のセックスは人間と違いますか？

インタビュー3　宇宙人相手に作品を売るんですか？

インタビュー4　子供を作るのは不安じゃないですか？

インタビュー1　佐渡さん、質問に答えて下さい！

インタビュー2　佐渡さん！

インタビュー達　（口々に質問する）

佐渡、書いた紙を示す。
「人類全員、差別が大好き」と書かれている。
記者たちの怒りまじりの反応とフラッシュ。
佐渡、無視して踊り始める。
平山が飛び出して、「すみません、すみません！　失礼します！」と佐渡を連れ去る。

アクト28

ドリンクスペース。

大石がコーヒーの紙コップを持ってウロウロしている。そして、思わずぐしゃりと握りつぶす。

竹森が顔を出す。

竹森　ここにいましたか。清水さんはどこです？
大石　……楽屋にいるでしょう。
竹森　それがノックしても返事がないんですよ。電話も連絡、つかないし。
大石　……。
竹森　どんな証拠なんです？
大石　えっ。
竹森　虐殺の証拠。数千人分の証拠ってなんです？　死体？　記録映像？

大石　そんなの言えるはずないじゃないの。今日、九時のお楽しみよ。
竹森　NHKを含む各局が共同中継を申し込んできました。テレビ東京を除く全局が夜の対決を放送します。
大石　すごいわね。
竹森　証拠が事実なら、今日の夜から宇宙人に対する直接的な攻撃が始まるでしょう。
大石　そうなるわよ。
竹森　だが、もし、嘘だったら、ジャパレンジャーは一気に終わる。
大石　終わる?
竹森　政治団体としての信用は失い、ただのキチガイ嘘つき集団になる。
大石　だから事実だって。
竹森　……。
大石　なによ。
竹森　今のあなたの顔はとても勝った人間の顔じゃない。負けた顔です。
大石　なに言ってるの！　そんなことないわよ。
竹森　（時計を見て）放送までまだ6時間ある。なんとかなるかもしれない。
大石　なんとか?
竹森　もし嘘だとしても、その失点を取り返す方法です。

大石　……。
竹森　いや、忘れて下さい。

竹森、去ろうとする。

大石　待って。……どうして？
竹森　えっ？
大石　どうしてそんなこと言うの？
竹森　ジャパレンジャーに負けて欲しくないんですよ。
大石　……どうしたらいいの？

竹森、大石をこっちへと誘って去る。

アクト29

廊下。
佐渡が一人、興奮した状態。
すぐに青井Bが登場。

青井B　健吾、大丈夫！
佐渡　……。
青井B　もういいから。ありがとう。インタビュー受けてくれて本当にありがとう。
佐渡　違うだろう。
青井B　えっ？
佐渡　全然、ダメだろう。俺、インタビュー失敗したんだよ。興奮して、うまく言えなくて、最低だったんだよ。

青井B　健吾。
佐渡　なのに、なんで「ありがとう」なんて言うんだよ！
青井B　だって、それは、
佐渡　俺がろくな人間じゃないから、これぐらいでも上出来だって言うのか!?
初めから、こんなもんだって思ってたのかよ！
青井B　違うよ、健吾、違うよ。インタビュー、受けなくてよかったのに、受けてくれたから、
佐渡　なんで受けなくていいって思うんだよ。俺がうまくやれるわけないって思ってたからだろ！　だから止めたんだろ！
青井B　違うよ。健吾に無理してほしくなかったから。これはあたしの問題だから。
佐渡　俺の問題だよ。俺の問題だから、いろいろ言われるんだよ。
青井B　健吾。
佐渡　俺に文句があるんなら、はっきり言えばいいんだよ！　なんだよ！　何が言いたいんだよ！
青井B　言いたいことなんかないよ。
佐渡　嘘つくなよ！　言いたいことが山ほどあるって、顔に書いてあるよ！
青井B　健吾、どうしたの!?

佐渡　うるさい！　俺の気持ちの何が分かる！
青井B　健吾の気持ち、分かるよ！
佐渡　分かるわけない！
青井B　分かるよ！
佐渡　うるさい！　ブス蛍は黙れ！
青井B　健吾……。
佐渡　ブス蛍は黙ってろ！
青井B　……。

青井B、去る。
反対側より、平山、登場。

平山　青井さん、楽屋変えてました。12階の6Aっていう部屋です。案内しましょうか？
佐渡　ちょっと一人になりたいんだ。僕個人の楽屋って取れないかな？
平山　えっ、それは、取れると思いますけど。
佐渡　じゃあ、頼むよ。
平山　分かりました。……本当に青井さんと結婚するんですか？

佐渡　えっ。
平山　決心が揺らぐことはないんですか？
佐渡　……君には好きな人はいないの？
平山　僕？　どうしてです？
佐渡　相手は宇宙人？　地球人？
平山　いません。そんな時間ないですから。
佐渡　時間？
平山　僕、早く一人前のディレクターになって、作品、作りたいんです。
佐渡　作品？　どんな？
平山　えー、いいじゃないですか。
佐渡　教えてよ。
平山　だから、見た人みんなが微笑むような作品。地球人も宇宙人も関係なく。
佐渡　地球人も宇宙人も関係なく……
平山　そう。
佐渡　そんな作品、できるのかな。
平山　いつか絶対に創りますよ。
佐渡　……。

平山の携帯がなる。

平山　あ、竹森さん。はい。分かりました。すぐに行きます。（佐渡に）楽屋のこと、テレビ局の人に聞いてみます。一緒に来て下さい。

平山と佐渡、去る。

アクト30

青井Bの楽屋。
青井Bがいる。
ノックの音。

青井B　はい。
黒井　黒井です。いいですか？
青井B　あ、はい。

黒井、入ってくる。

黒井　陛下、大丈夫ですか？
青井B　ええ。

黒井　すいません。こんな運命に巻き込んで。
青井Ｂ　いいえ。でも特別区ってすごい計画ですね。みんな賛成してくれるでしょうか？
黒井　難しいと思います。
青井Ｂ　えっ？
黒井　もう地球に来て６年です。どんなに迫害されていても、みんな、簡単には今の生活を捨てられないと思います。それに、
青井Ｂ　それに？
黒井　地球人は一人もいない街にしたいんです。
青井Ｂ　えっ。
黒井　それが、一番いい方法だと思ってるんです。
青井Ｂ　それはつまり……
黒井　だから、私達は希望を語る必要があるんです。
青井Ｂ　希望。
黒井　陛下。私と結婚してくれませんか？
青井Ｂ　えっ？
黒井　エピクラル人はエピクラル人と結婚すべきです。そして、エピクラル皇室を守るべきです。だいいち、

青井B　だいいち？
黒井　佐渡さんはあなたを愛していない。
青井B　そんなこと、
黒井　今のあなたを見る佐渡さんの視線に気づきませんか？　ゾッとするぐらい冷たい。
青井B　……。
黒井　彼はあなたを愛していない。私はあなたを愛する自信があります。
青井B　愛する自信？　その言葉、変じゃないですか？
黒井　エピクラル人の幸福と未来のために、私は喜んであなたを好きになります。
青井B　私は佐渡を愛しています。
黒井　でも、彼はあなたを愛していない。
青井B　……。
黒井　新天地で陛下と私が、輝く希望になりましょう。未来の可能性の象徴になりましょう。二人が北海道で生活を始めれば、エピクラル人達はきっと集まります。陛下。
青井B　帰って下さい！　さあ！
黒井　佐渡さんは、来ません。

青井Ｂ　えっ？

黒井　佐渡さんは別な楽屋を取りました。夜九時まで一人でいたいんだそうです。

青井Ｂ　……。

黒井　陛下、好きなんです！

黒井、青井Ｂに迫る。

青井Ｂ　だめです！

青井Ｂ、迫ってくる黒井と組み合う。

がっぷり四つに組む二人。

黒井　陛下、好きです！

青井Ｂ　嘘！

差し入れのスイーツを持ったツバルトキアン現れる。

二人の話し声にノックするのをやめて聞き耳を立てる。

黒井　陸下、好きなんです！
青井Ｂ　やめて下さい！

相撲のように戦う二人。

青井Ｂ　ツバルトキアンさんはどうするんですか？
黒井　しょうがありません。
ツバル　！
青井Ｂ　しょうがないって。
黒井　エピクラル人全体の幸せのためです。

と、黒井の携帯がなる。

青井Ｂ　黒井さん、電話です！
黒井　電話なんかどーでもいいんです！　陸下、二人で新しい世界を作りましょう！
青井Ｂ　電話です！
黒井　愛してるんです！

ツバルトキアン、ドンドンとノックをする。

ツバル　（平静を装って）青井さん。ツバルトキアンです。

一瞬、二人は気を取られ、青井B、ドアに走る。
同時に、黒井は電話に出る。

青井B　はい。どうぞ。
黒井　黒井だ。……なんだって!? 分かった。すぐ行く。……陛下、また話しましょう。

黒井、部屋を飛び出る。

青井B　……。
ツバル　差し入れ、持ってきたわよ。
青井B　あ、ありがとう。
ツバル　恋を貫くのよ。
青井B　えっ？

ツバル　それで、女王に相応しくないって言われたら、女王、やめればいいのよ。
青井B　そんな……。
ツバル　女王なんて恋を捨ててまで手に入れるもんじゃないわ。命短し、恋せよ、乙女。
青井B　……。

アクト31

楽屋。
パソコンの画面を見つめながら、黒井が出てくる。
竹森が飛び込んでくる。

竹森　どういうことです!?
黒井　これを見て下さい！

竹森、画面を覗き込む。

竹森　これは……。
黒井　友愛協会の幹部と主なメンバー100人の顔写真がリストアップされています。私の写真もツバルトキアンのもあります。

竹森　（キャプションを読んで）「人間にコピーした宇宙人の写真です。オリジナルのご本人、またはご本人の情報をご存じの方は至急お知らせ下さい。ジャパレンジャー」

黒井　今、協会の人間が見つけて、緊急の連絡があったんです。今、ネットでは猛烈な勢いで広がっています。

竹森　そんな……

黒井　この写真は協会の内部資料です。

竹森　えっ。……どういうことです？

黒井　協会にジャパレンジャーに通じた者がいるということです。

竹森　まさか……。

黒井　竹森さん。奴らの目的はなんだと思いますか？

竹森　分かりません。なんでこんなことを……

暗転。

アクト32

すぐに明かり。
佐渡が自分用の楽屋にいる。
ノックされる。

佐渡　はい。

清水が入ってくる。

清水　ちょっといいですか?
佐渡　お前は……なんの用だ?
清水　お一人ですよね。ちょっと、大人の相談をさせてもらいに来たんですよ。
佐渡　大人の相談?

清水　佐渡さん、メジャーなアーティストになるつもりはないですか？
佐渡　何？
清水　私は佐渡さんの作品、大好きですよ。佐渡さんは、寝ぼけた日本人に目覚めろと叫び続けてるんでしょう。私達と同じですよ。
佐渡　……。
清水　あなたはちゃんと評価されなければいけないアーティストです。作品集を出しませんか？　とりあえず、シリーズで3冊。もちろん、大手の出版社からです。大々的に宣伝しましょう。数カ月後には、佐渡さんは有名なアーティストになっています。
佐渡　何を言ってるんだ？
清水　私達を陰ながら応援してくれている人達はけっこう多いんですよ。そういう人達に頼めば、あなたは一気に正しい評価を得ることができます。
佐渡　いい加減にしろ。
清水　その代わり、お願いがひとつだけあるんです。奴らの目的は「日本を乗っ取ることだ」って言って欲しいんです。
佐渡　えっ？
清水　地球人のふりして結婚して、宇宙人との混血の子供を生むこと。やがて、この日本を乗っ取ること。それが奴らの目的だと。あなたはそれを直接

佐渡　彼女から聞いたとテレビで言って欲しいんです。
清水　バカバカしい。
佐渡　美術館で個展もやりましょう。日本だけではなく、ニューヨーク、パリ、ロンドン。マスコミの評価は一変しますよ。
清水　いいかげんにしろ。
佐渡　世界的なアーティストになって、あなたをバカにした奴らを見返すんです。最高じゃないですか。
清水　……。
佐渡　出版社はどこがいいですか？　次にテレビ局に来る時は、作品集の宣伝のためですね。

黙っている佐渡。
見つめている清水。
暗転。

アクト33

番組の開始を告げる音楽が始まる。
青井と清水の姿が浮かび上がる。
青井の後ろに少し離れて、黒井とツバルトキアン。
清水の後ろに、少し離れて大石。
竹森と平山は、副調整室。
佐渡は、自分の楽屋でモニターを見ている。

司会（声）　みなさん、こんばんは。夜九時になりました。ニュースTVの時間です。さあ、全国民注目のエピクラル人と日本防衛隊との対決です。（以下、言葉は小さくなって続く）

竹森　さあ、歴史的なショウの始まりだぞ。

平山　竹森さん。本当によかったんでしょうか。

竹森　もちろんだ。お前はADとして正しいことをやったんだよ。
平山　でも、僕……
司会（声）　それでは、清水さん。全国民が聞きたい質問です。数千人を殺したという証拠はなんですか？
清水　はい。まず、国民のみなさんに謝らなければいけません。今日、夜7時30分頃、日本防衛隊本部に何者かが侵入。虐殺の証拠映像を盗んでいきました。すでに警察には通報済みです。
黒井　なんだって!?
司会（声）　本当に証拠はあったんですか？
清水　もちろんです。宇宙人に殺された数千人の遺体映像です。この証拠を知られたくない何者かが防衛隊本部から盗んだんです。
青井　初めからそんなものは存在しなかったんじゃないですか！
清水　そう言われるのは心外ですから、代わりの証拠を用意しました。青井蛍さん。あなたは、コピーした人間から、「私の姿になるな」と言われましたね。
青井　えっ!?
黒井　えっ!?
清水　オリジナルの藤原遥さんに「私の姿になるな」と言われた時、あなたは

青井　包丁で藤原遥さんを刺そうとしましたね。藤原さんはかろうじて逃げましたが、一歩間違ったら殺されていた。3年前、長野での話です。
清水　そんな……。
青井　まさか忘れたなんて言うんじゃないでしょうね。いいんですか!?　殺人未遂を犯した者が女王になっていいんですか？
清水　嘘です！　デタラメです！
青井　証拠をお見せしましょう。藤原さん、聞いてますか？

モニターに藤原遥が映る。

藤原　そうです！　この宇宙人は嘘つきです！
清水　殺されそうになったんですね。
藤原　はい。私の姿になるなって言ったら、この宇宙人は「ニセモノはお前だ！」って叫んで私を包丁で刺そうとしました。
青井　！
藤原　こいつは私を殺そうとしたんです！
黒井　（思わず、飛び出て）この女が嘘をついてる可能性があるだろ！　言葉だけならなんでも言えるぞ！

清水　おや、友愛協会の事務局長の黒井さんじゃないですか。6年前、黒井さん、川越文明さんをコピーしましたよね。

黒井　えっ。

清水　川越さん、6年前から行方不明になってるんですよ。家族から捜索願が出てます。あなた、川越さんをどうしたんだ！

黒井　知らん！　なんのことだ！

清水　（カメラに向かって）みなさん、エピクラル人友愛協会の関係者100人のうち、なんと、18人のオリジナルの地球人が死亡か行方不明、または宇宙人からの暴行、傷害を受けているんです。全部、証拠があるんだ！

大石、書類の束を清水に渡す。

司会（声）　ちょっと待って下さいよ！　今、ネットが騒然としているようです。ネットに衝撃的な映像がアップされたという情報が入ってきました。これは……。

全員がモニターに注目する。

司会（声）　切り換えます。なんでしょう！

モニターにツバルトキアンにだきしめられた青井Bの姿が映る。
それは楽屋の風景。

司会（声）　おや、これは青井さんと同じ服を着ていますね。しかし、青井さんとは全くの別人です。
竹森　これは、隠しカメラの映像か!?
平山　そうです！
黒井　どうして、ネットに!?
平山　竹森さん、まさか!?
竹森　バカな！　俺じゃない！
ツバル　誰がやったの!?

青井Bの姿、ゆっくりと青井に変わっていく。

司会（声）　ええ!?　青井さんに変わっていくじゃないですか!?　どういうことですか!?　青井さんの正体は、ただのデブなんですか!?

清水　そ、そんな！
黒井　誰だ！　誰がこんなことを！

平山、走り去る。

司会（声）　青井さん、これはどういうことですか!?　これがあなたの本当の姿なんですか？
青井　いえ、私は……
竹森　どうしてこんなことに……。
ツバル　女王の評判が終わってしまう……。
黒井　陛下……。
司会（声）　青井さん、どういうことなんですか!?　あなたは私達をだましてたんですか!?
大石　あの映像があんたの正体なんだ!!　その姿は人気取りのための変装だ！
青井　……私は私です。どんな姿をしていても、私は私です。
大石　ふざけるな！　よく聞けよ！（清水から証拠の文章を取り）『エピクラル人友愛協会』会計責任者、佐藤洋介。6年前、中田信郎《のぶろう》をコピー。中田さんは5年前、水死体で発見。（以下、声が小さくなり、続く）

平山、佐渡の楽屋に飛び込んでくる。

平山　佐渡さん！　何してるんですか！　青井さんの婚約者なんでしょう！

佐渡　……。

平山　青井さんを助けないと！　さあ！　助けて下さいよ！

佐渡　どうやって助けるんだよ！

平山　そんなの僕にも分かりませんよ！

佐渡　……。

大石　なんとか言えよ！

青井　なにかの誤解かもしれません。小さな誤解が重なって、不幸なことになったのかも。

大石　誤解で18件もないだろう！　次！　協会メンバー、杉田エイク。4年前、コピーをとがめられて、殴り掛かる。オリジナルの有田準さんは全治三週間のケガ……

大石、また、資料を読み始める。

平山　佐渡さん。佐渡さんはアーティストなんでしょう！　アーティストって、人を幸せにする職業じゃないんですか？　宇宙人とか地球人とか関係なく、幸せにすることが仕事なんじゃないですか！

佐渡　……。
平山　この騒ぎを仕掛けたの竹森さんなんです。
佐渡　なに？
平山　僕に、友愛協会のデータベースから写真を盗み出せって命令して、ネット上にアップして、
佐渡　なんの話なんだ？
平山　虐殺の証拠って本当はなかったんです。でもそれがバレたらジャパレンジャーが一方的に負けて、対決が盛り上がらなくなるから、そしたら僕達の番組も売れなくなるかもしれないって……
佐渡　そんな、
平山　僕、ディレクターになりたくて、宇宙人の僕をちゃんと使ってくれるのは竹森さんだけだから、だから、僕、竹森さんの命令を信じて、でも、このままだと、青井さんも僕たちも終わってしまいます！
佐渡　蛍の変身映像をアップしたのも竹森か!?
平山　いいえ、楽屋に隠しカメラを仕掛けたのは竹森さんですけど、違うって言ってます。
佐渡　隠しカメラ？
平山　竹森さんが言い出して、黒井さん達も納得したから僕が置いたんです。

佐渡　なんで!?
平山　これから作るドキュメントできっと使えるからって。
佐渡　そんな……。
平山　だから僕、カメラを全部の楽屋に。
佐渡　全部の楽屋？　……ということはまさかこの部屋にもあるのか？
平山　……はい。
佐渡　どこだ？
平山　あそこです。（と、斜め上を指さす）
佐渡　……今も撮っているのか？
平山　はい。
佐渡　いつからカメラは動いているんだ？
平山　佐渡さんがこの部屋に入る直前にスイッチをいれました。
佐渡　！
平山　佐渡さん、どうしたら！　佐渡さん！
佐渡　……。

暗転。

アクト34

スタジオ。

司会（声）　ちょっと待って下さいよ。今、各地であきらかにエピクラル人と分かる人達が攻撃され始めているようです。落ち着いて下さい。この番組は、対立や破壊を煽《あお》るものではありません。エピクラル人が何をしたかは分かってきましたが、落ち着いて下さい。

明かりつく。
佐渡が花束を持って立っている。

司会（声）　おっと、エピクラル女王の婚約者、佐渡健吾さんの登場です！
黒井　佐渡さん。

ツバル　どうして!?
竹森　どういうつもりだ!?
司会（声）　番組から佐渡健吾さんに、婚約祝いの花束を差し上げました！　佐渡さん、お待ちしていましたよ！
青井　健吾。

佐渡、ゆっくりと青井に近づく。

司会（声）　佐渡さん、婚約者として、傷つき混乱している女王に声をかけてあげて下さい。さあ、どうぞ。
佐渡　……お前は俺に嘘をついた。
青井　えっ？
佐渡　お前は地球人だと言って俺に近づいた。
青井　……健吾。
佐渡　本当の正体を隠して、俺を誘惑した。
青井　……。
黒井　佐渡さん……
竹森　何を言い出すんだ!?

佐渡　俺はお前を問いつめた。どうして嘘をついたんだと問いつめた。お前は、地球人と宇宙人の子供を早くつくりたいから嘘をついたんだと認めた。日本を宇宙人の子供だらけにして、自分達のものにしたいんだとお前は言った。

青井　健吾、何言ってるの!?

ツバル　何言い出すの!?

佐渡　俺はもう少しで日本を裏切る所だった。お前達はこの国を自分達のものにしようとしている。それがお前達の計画なんだ。

青井　健吾！　どうして、どうしてそんなこと言うの!?

佐渡　お前は嘘をついた。

青井　違う！

佐渡　お前は俺たちをだまそうとした。

青井　違う！

青井　お前の本当の姿がその証拠だ！　お前はその醜い姿を隠して、俺達をだました！

青井　違う！

司会（声）　なんと、女王は嘘をついていた！　おっと、聞こえるでしょうか!?　放送局の周辺に人々が集まり始めています！　人々は口々に「宇宙人を殺せ！」と叫んでいます！　外の声をお聞き下さい！

「宇宙人を殺せ！」という群衆の声が聞こえ始める。

司会（声）　テレビをご覧の日本人のみなさん、人々の声が聞こえるでしょうか！
大石　宇宙人を殺せ！
青井　違う！　違う！　違う！
佐渡　お前は嘘をついた！
青井　どうして！　健吾、どうして！
佐渡　お前は嘘をついた。

佐渡、花束で青井を叩き始める。
散乱する花びら。
さらに上から花びらが舞い、降り始める。
「宇宙人を殺せ！」の声が響く。
大喜びする大石。
複雑な顔で見ている清水。
黒井、止めようと思うが動けない。

驚いた顔のツバルトキアンと竹森。

と、突然、全てが止まる。

司会（声）　ちょっと待って下さい！　また、新たな映像がネットに上げられたようです。
モニターをごらん下さい。

モニターに清水と佐渡の映像が映る。それは楽屋の風景。

「作品集を出しませんか？　とりあえず、シリーズで３冊。もちろん、大手の出版社からです」

「その代わり、お願いがひとつだけあるんです。奴らの目的は『日本を乗っ取ることだ』って言って欲しいんです」

全員　えっ。

清水　えっ？

黒井　これは……。

司会（声）　これは……どういうことだ!?　つまり、金と名誉が欲しくてやった佐渡の猿芝居なのか!?　佐渡と清水隊長はグルなのか!?

清水　そんな……。

司会（声）　佐渡さん！　どうういうことですか!?　全部、芝居なんですか？

佐渡　えっ……。

司会（声）　佐渡さん！　あなたは清水さんとグルなんですか!?　佐渡さん！

佐渡　……（悲鳴）

佐渡、慌てふためいて逃げ去る。

司会（声）　佐渡さん！　答えて下さい！　清水さん！　芝居なんですね！　佐渡さんに演技を頼んだんですね！

清水　あ、いや、その……。

司会（声）　答えて下さい！　清水隊長！

清水　……。

清水が追い込まれる。

ゆっくりと暗転。

アクト35

光の中に自分にカメラを向けた平山が浮かび上がる。

平山　……今日、黒井さんは、北海道の釧路へ飛ぶ。特別区予定地で住民の反対運動が起こっているからだ。説得するまで何度でも足を運ぶと黒井さんは言う。……一カ月前のあの夜、佐渡さんが逃げて、番組は大混乱に陥った。テレビを見て、「宇宙人を殺せ」と叫んでいた人達は、佐渡さんとジャパレンジャーの無様な姿を見て、急速に静かになった。黒井さんのオリジナルだった川越文明さんも先週、見つかった。借金問題で逃げていただけで、黒井さんとは何の関係もなかった。ジャパレンジャーの会員数は、あの直後、半分に減った。そのまま、減り続けるかと思ったら、最近は復活しているらしい。また、僕達協会に対する攻撃活動が活発化してきた。

と、バッグを持った黒井が声をかける。
そこは空港。

黒井　平山。そろそろ行くぞ。
平山　あ、すみません！

平山、カメラを構えて、

平山　黒井さん、今の心境を一言。
黒井　もう話したじゃないか。
平山　空港での気持ちですよ。
黒井　誠意を持って釧路の人達と話してきます。同じだよ。それじゃあ、行って来る。

と、ツバルトキアンが飛び込んでくる。

ツバル　アビルタフリ！　あー、間に合った。
黒井　ツバルトキアン、どうした？

ツバル　何言ってるんですか？　お見送りですよ。大切な交渉をしにいくアビルタフリを激励したいじゃないですか。はい、お弁当。機内で食べてね。

と、三段重ねの特大お重弁当を渡す。

黒井　ああ、ありがとう。
ツバル　あれ？　女王は来てないんですか？　気が利かない女性ねえ。信じられないわー。
黒井　じゃあ、行って来る。
ツバル　あとはまかせて。

黒井、去る。

ツバル　……よし、これで好感度、グッとアップね。
平山　ツバルトキアンさん。今だから聞くんですけど、青井さんが変身する映像、ネットに流したの、ツバルトキアンさんでしょう。
ツバル　なんであたしがそんなことするのよ？
平山　あの時、隠しカメラの存在を知ってて、青井さんの失脚を狙ってたのは、

ツバル　ツバルトキアンさんだけですから。
平山　平山。あたしのドキュメント、作らない？
ツバル　ドキュメント？
平山　タイトルは『ツバルトキアン　恋と革命に生きる女』。受けるわよ。
ツバル　全く興味ないです。
平山　さ、帰ろ。絶対に私じゃないわよ。

ツバルトキアン、去る。
清水と大石が登場。

大石　隊長、急いで下さい！　飛行機が出ますよ！
清水　分かってるよ。そう急かすな。（平山に気づいて）お前！
平山　（カメラを構えて）どこに行くんですか？
清水　釧路だよ！　お前ら、特別区、作るつもりなんだろう。宇宙人が街作るなんて許されるわけないだろ！　ボケ！
大石　ちょっと勝手に撮るんじゃないわよ！　隊長、行きますよ！
清水　おう！　いくぞ。ウイアー
清水・大石　ジャパレンジャー！

と、藤原遥がバッグを持って登場。

藤原　あー、ひどーい、隊長！　なんで一緒じゃないのー！
清水　あ、遥ちゃん。札幌で会おうって言ったじゃないか。
藤原　えー、東京から一緒に行きたいじゃん！
大石　隊長。なんですか、この女は？
清水　あ、いや、
藤原　さ、隊長、行こう！　札幌で何食べる？　私、スープカレーと塩ジンギスカンは絶対ね！　あとは、ミソラーメンと、

藤原、清水の手を取って去る。
大石、慌ててついていく。

大石　隊長！　私、お弁当、作ってきてます！

と、竹森もカメラを構えて出てくる。

竹森　もめ事、最高！　ジャパレンジャー、最高！

平山　竹森さん！　何をしてるんですか？
竹森　ジャパレンジャーのドキュメントだよ。あいつらにがんばってもらわないと、また人間に差別が回って来るからな。
平山　えっ？
竹森　平山、お前は何してるんだ？　そのカメラは？
平山　初めてのドキュメント、創ってます。
竹森　そうか。失敗したら来い。いつでも面倒見てやるぞ。
平山　……喜んで。

竹森、去る。
青井Bが来る。

青井B　平山さん、黒井さんは？
平山　もう行っちゃいました。なんですか？
青井B　住民に渡す資料、新しいのができたの。飛行機の中で読んでもらおうと思ったんだけど。ま、メールで送るわ。
平山　（カメラを構えて）青井さん、今の心境を教えて下さい。
青井B　今の心境？

平山　その……佐渡さんを憎んでいますか？
青井Ｂ　……ひとつ分からないことがあるのよね。
平山　なんです？
青井Ｂ　健吾と清水との交渉の映像を流したの、平山さんでしょう。
平山　はい。
青井Ｂ　どうしてあんな短い時間で、あの映像の存在が分かったの？
平山　青井さんを助けたい一心で、ＡＤとしての野生的なカンが働いたんです。
青井Ｂ　カン……平山さん、何か隠してないですか？
平山　隠す？　とんでもないです。
青井Ｂ　そうですか……

別空間に佐渡の姿が現れる。

佐渡　……今も撮っているのか？
平山　はい。
佐渡　いつからカメラは動いているんだ？
平山　佐渡さんがこの部屋に入る直前にスイッチをいれました。
佐渡　！

平山　佐渡さん、どうしたら！　佐渡さん！
佐渡　……平山、頼みがある。この楽屋で、ジャパレンジャーの清水が俺にある頼みごとをした。そのシーンが隠しカメラに映っているはずだ。それを、俺がテレビに出た後、ネットにアップしてくれ。
平山　どうしてですか？
佐渡　詳しく説明している時間がない。ただ、その映像が話題になったら、君達は一気に逆転して助かる。
平山　本当ですか!?
佐渡　ああ。ただし、ネットへのアップは、君の判断でしたと言うんだ。どんなに聞かれても、俺の提案だと言うなよ。もし、俺のアイデアだとバレたら、すべてが台無しになる。蛍や黒井さんに聞かれても、絶対に言うな。一人に話せば必ず漏れる。そうしたら、今から俺がやろうとしている演技が全部台無しになる。
平山　演技……。
佐渡　絶対に言うな。俺がいいって言うまで何年も何十年も。
平山　何年も何十年も。
佐渡　頼めるか？
平山　はい。分かりました。

佐渡　頼むぞ。
青井B　平山さん、帰りましょうか？

別空間の佐渡、静かに青井Bを見つめ、そして去る。

平山　あ、はい。……佐渡さん、どこに行ったんでしょうねえ。
青井B　会いたいですか？
平山　えっ……いえ、青井さんにあんなひどいことをした人ですから。
青井B　そうですか。
平山　青井さんは会いたいですか？
青井B　不思議なんです。
平山　えっ？
青井B　健吾が花束で私を叩いている時、私、健吾の悲鳴が聞こえたんです。怒りじゃなくて、健吾、泣いてたんです。どうしてなんだろうってずっと考えてるんです。
平山　不思議ですね。
青井B　戻りましょう。仕事がたくさん待ってます。
平山　はい。女王ですもんね。

青井B、去りかける。

平山、カメラを構える。

平山　青井さん。

青井B、立ち止まり、振り向く。

平山　今日の青井さん、すごくきれいですよ。

青井B、微笑み、去る。

後を追う平山。

完

「竹森、心の歌」

作詞　鴻上尚史
作曲　河野丈洋

ホーボーズ・ソング——スナフキンの手紙Neo

『ホーボーズ・ソング――スナフキンの手紙Neo』ごあいさつ

さあ、原稿だとパソコンの前に座って、すぐに書き出すことができません。ついい、ネットにつないでいろいろとさまよいます。最近はあんまり聞かなくなりましたがいわゆる「ネットサーフィン」です。正直に告白すると、書き出すまでに、最低、1時間はさまよいます。いつものSNS関係からニュースからくだらないネタから閲覧注意の画像からエッチからノスタルジーから、さまざまに幅広い分野です。

いいえ、1時間ですめばいい方です。うかうかしていると、2、3時間はあっという間にたちます。4時間ぐらいさまよっていると、だんだん自分で自分に苛立ってきて「ここまでネットを見てたんだ。もうこうなったら今日は1日、ずっとネットを見てやる！」なんていう間違った決心をしたりします。

そうやって、ネットをさまよってさまよって、この新作を書きました。

毎日12時間から14時間、パソコンに向かいましたが、そのうち2、3時間はそんな時間でした。

本当にムダな時間だと分かっていても、ネットの向うには、自分の興味のある情報があるのです。

声を大にして言いますが、いったい、誰がこの「誘惑」にあらがえるのでしょうか。

新作を書くことは苦しいことです。本当にこの方向でいいのか。これからどうなるのか。なにか足らないことはないのか。様々な問いかけが延々と続く、終わりのない作業です。でも、手をちょっと動かしてネットをのぞけばそこには「おっぱいと美女」とか「爆笑ネタ」とか「いろんな人の情報」が溢れているのです。

この誘惑に耐えて、ネットに見向きもせず、いきなり仕事ができる人が、本当に「意志の強い人」だと僕は断言します。でも、僕は意志が弱いので、毎日、ネットをさまようのです。

数年前、実に怖い講演会を経験しました。

某大学の大学院で60名ほどに向かって話したのですが、全員がテーブルにパソコンを立ち上げていました。「分からない言葉があったらすぐに調べられる」という教授達の考えからです。

何を語りかけても、どんなネタを振っても、ほとんどの学生は、自分のパソコンの画面を見ていました。僕の話を、僕の顔を見ながら聞いていた学生も、少し話が複雑になった瞬間に、画面に目を移しました。僕は話しながら「絶対に、今、俺の話と関係のないサイト見てるよな」という確信がありました。まるで深い井戸に向って話し続けているような感覚でした。

自慢じゃないですが、僕は講演会は得意です。５００人ぐらいまでなら、飽きさせず、笑わせ、ずっと楽しませる自信があります。３５００人の聴衆の前で話したこともあります。

恐怖を感じることは、まったくありません。が、この時だけは心底怖いと思いました。

悪夢のようでした。

その前の年も、同じ大学院で話しました。その時は、このシステムではなかったので、みんな熱心に、僕の顔を見て、話を聞いてくれました。60人のうち10人以上が、その後、僕の仕事に興味を持って、「虚構の劇団」も見に来てくれました。が、次の年、パソコンと共に僕の話を聞いた人達は、ただの１人も芝居には来ませんでした。

と、書きながら、僕も学生なら「よく分からない話を聞くぐらいなら『ニュー速』のまとめサイトでも見ようかな」なんて思うはずです。そうすれば、退屈な時間をすごさなくてすむのです。

ネットは「あなたの興味のあることだけに包まれる」ことを可能にしました。

ネトウヨはネトウヨに興味のある情報だけに。ブサヨはブサヨに興味のある情報だけに、アニヲタはアニヲタに興味のある情報だけに接して生きてくことを可能にしたのです。

言ってみれば「情報の偏食」を実現したのです。新聞のように「興味のないもの」に出会ってしまう可能性も時間も消し去ったのです。

そうすると、人は自分の確信と幻想で生きていくことができます。見たくない、聞きたくない情報は存在しないことと同じになるのです。

その昔、70年以上前、「鬼畜米英」という言葉で、まだ見ぬ英米人に対して日本人は憎しみをつのらせ、戦争を可能にしました。見たことがなかった人が多かったので、「鬼畜」と思えたのです。

今、自分の見たい情報しか見てないと、やっぱり、興味のない人、関係のない人の事は「鬼畜」と思えるのかもしれないと感じます。そうすると簡単に、憎悪や嫌悪の感情を持つことができるのです。

サブタイトルの『スナフキンの手紙』は、僕が1994年に書いた作品です。この中で1960年代からの時代を僕は「理想の60年代、内戦の70年代、流血の80年代、そして希望の90年代」と書きました。さらに続編の『ファントム・ペイン』では2000年代を「孤立の0年代」と表現しました。そして『ホーボーズ・ソング』では「憎悪の10年代」が描かれるのです。

今日はどうもありがとう。初めて「虚構の劇団」を見る人へ↓これが「虚構の劇団」です。

いつも見てくれている人へ↓劇団としては3年ぶりの新作です。
どちらの人も、どうぞ、ごゆっくりお楽しみ下さい。
んじゃ。

鴻上尚史

●登場人物

栗原《くりはら》夏菜《かな》
鈴子《りんこ》
津島《つしま》修一《しゅういち》
大江《おおえ》房子《ふさこ》
馬場《ばば》聡一郎《そういちろう》
長谷川《はせがわ》寛太《かんた》／長谷川哲次《てつじ》
肥後《ひご》昇《のぼる》
水沢《みずさわ》香織《かおり》

兵士1
兵士2
兵士3

女兵士1
女兵士2
ビーチの人々
兵士ＡＢＣ
記者達
セクシーダンサー達
小学生達
フードダンサー達
新日本軍兵士
さまざまな兵士達

（実際の上演は、13人の俳優でおこなわれた。メインの役者は8人。登場する兵士、記者、ビーチの男女などを別々の人物が演じれば、最大30人ほどの俳優によって演じることが可能である。最小は10人ほどであろうか）

1　ビーチ

明かりがつくと、そこは夏のビーチ。水着姿で騒いでいる男女。

舞台が砂浜で、客席側が海となる。

スイカ割りをしているグループ、男1・2・3、女1。目隠しをして棒を持っているのは男2。

ビーチボールで遊んでいるグループ、男4、男5、鈴子、女友達。

水遊びをしているグループ、男6・7、女2。

浜辺で、海に入ろうと軽く準備体操をしている津島修一と栗原夏菜。

嬌声と歓声と波音と小さく音楽の洪水。

津島、栗原に話しかける。

その瞬間、他の人物の動きは遅くなり声は聞こえなくなる。

津島、栗原二人だけが明るくなっている。

津島　そろそろ、一緒に住まないか？
栗原　えっ？
津島　いや、なんかさ、経済的にもお互い助かるしさ、
栗原　経済的な理由だけ？
津島　いや、夏菜もだんだん忙しくなってきて、なかなか、お互い、会えないしさ、
栗原　教師ってホントに忙しい。これじゃあ、ダメよね。
津島　だからさ、一緒に住めば、デートの約束も苦労しなくていいしさ、
栗原　まあねえ……。
津島　えっ？　夏菜は住みたくないの？
栗原　そうだなあ……。
津島　どっちなんだよ。
栗原　（微笑んで）住みたい。
津島　早く言えよー！

津島、栗原を軽く突っ込み、海に入るマイム。
そのまま、海水を栗原にかける。

栗原　（悲鳴と歓声）……やったなあ！

栗原も海に入るマイム。
この時、スイカ割チーム、見事にスイカを割る。

スイカ割りチーム　（歓声）

鈴子、バレーボールから離れて、海を見て深呼吸。
女友達が近づく。

女友達　（鈴子に）まさか一緒に来られるとは思いませんでした。
鈴子　どうしてですか？
女友達　どうしてって、だって、
鈴子　私も職員の一人なんですから。
女友達　もちろんです。でも、いろいろと、
鈴子　（浜辺の方を指して）見えます？　あそことあそこでちゃんと、見張ってくれてますから。
女友達　あ、ホントだ。

鈴子　ありがとうございます。
女友達　えっ？
鈴子　いい気晴らしができました。
女友達　御愁傷様でした。私も回復をお祈りしていたのですが。私の親戚もガンで亡くなってるんです。
鈴子　そうですか……。

と、スイカを手に持った男1と男2が近づく。

男1　あの、スイカ、食べませんか？
男2　僕が割りました。
男1　あ、心配はないです。僕達、このシーンにだけ登場するビーチの男1と、
男2　ビーチの男2です。
男1　このシーンだけですから、
男2　あとあと面倒なことにはなりません。

鈴子、遠くの方を見て、

鈴子　大江さん、大丈夫です！　来なくて結構です。

と、戻れのアクション。

女友達　私もこのシーンだけ登場する、女友達です。せっかくですが、

鈴子　ありがとうございます。いただきます。

女友達　鈴子さん、いいんですか？

鈴子　ええ。

女1　ビーチの女1です。食べやすいように切りますね！

鈴子　ありがとうございます。

男6が、置いてあるCDプレイヤー（か音楽デバイス）のスイッチを入れる。

ごきげんな音楽が始まる。

頭上を飛行機が飛ぶ音が重なる。

全員、やがて、水着のまま、ダンスになる。

若いエネルギーと健康的な色気に溢れるダンス。生きていることの踊り。

突然、サイレンが鳴り響く。

栗原　何!?
津島　なんの音だ？

男6、慌てて曲をとめる。
放送塔から慌てた声が流れてくる。

放送の声　ロングビーチにお越しいただきました皆様にお知らせいたします。ただいまより、監督官庁の指示に従い、この海水浴場は閉鎖となります。
ビーチの人々　(戸惑いと抗議)

男5、スマホを見る。

放送の声　繰り返します。ロングビーチは、緊急閉鎖となりました。速やかに、お立ち去り下さい。緊急閉鎖です。遊泳を中止して、ただちに御退出下さい。

遠くに爆発音が聞こえる。

女友達　何!?　爆発した!?
男6　爆発音だ。
女1　テロ!?　またテロなの!?
鈴子　テロ！　そんな!?
男2　いや、テロだよ！　きっとそうだ！
男5　（スマホを見て）……違う。戦争が始まったって。
栗原　戦争!?
鈴子　嘘！
津島　どこと？
男1　韓国？　相手は韓国か!?　とうとう、韓国とやるのか!?
男5　ううん。違う。
男7　じゃあ北朝鮮!?
男3　ミサイル撃って来たの!?
男5　ううん。違う。
男6　じゃあ、中国!?　中国とやるの？
女2　本当!?
男5　違う。
男2　まさか、アメリカとやるのか？

女友達　負けるに決まってるでしょう！
男4　アメリカはダメだよ！
男5　アメリカじゃない。
男1　じゃあ、どこだよ？
津島　イスラム？
栗原　まさか!?
男5　日本だって。
全員　えっ!?
男5　日本人同士で戦争が始まったって。
男1　日本人同士って……。
男5　内戦が始まったって。
鈴子　内戦……。
津島　内戦……。
栗原　そんな……。
鈴子　嘘!?

立ち尽くす全員。
暗転。

爆発音。

タイトルが音楽と共に映写される。

ホーボーズ・ソング

〜スナフキンの手紙Ｎｅｏ〜

2　記者会見

タイトルが消えた後、記者会見の映像が写る。
水沢香織（二等陸士）が記者会見している。横に、馬場聡一郎（准尉）。
カメラのフラッシュが激しくたかれ、ジャーナリストの肥後昇の質問が飛ぶ。

肥後（声）　水沢さん、自爆攻撃を選んだ気持ちをもう一度聞かせて下さい。復讐じゃないんですか？

水沢　復讐という言葉を使いたくありません。確かに、私の一番上の姉は売国奴テロリストに暴行され、自ら命を絶ちました。二番目の姉は、売国奴の銃弾に倒れました。けれど、私が自らの命と引き換えに、非国民を倒そうと決心したのは、この国を、日本を愛するからです。豊葦原《とよあしはら》の瑞穂《みずほ》の国を心から愛するからこそ、私の命を捧げるのです。売国奴テロリストを一刻も早く、この国から消し去るためなら、私の命など、少しも惜しくはありません。

記者1（声）　水沢さん。死ぬんですよ。怖くはないんですか!?

水沢　私は日本を救うという大義に生き、大義に殉じるのです。少しも怖くなんかありません。それに、

記者2（声）　それに？　なんですか？

水沢　死ねば、天国で姉二人に会えますから。

カメラのフラッシュがたかれる。

肥後（声）　馬場准尉、新日本軍の中村ベースの場所は分かってるんですか？

横に座っている馬場が発言する。

馬場　それにつきましては、軍事機密であり、特定秘密保護法の関係事項ですので、ここで明確にお答えすることはできません。ただ、水沢二等陸士の願いをムダにするようなブザマな真似は絶対にないと断言しておきま

す。

記者3（声）　馬場准尉！　水沢さんの自爆攻撃の時期はいつなんですか？

馬場　これもまた軍事機密で、特定秘密保護法の関係事項ですが、可及的速やかに作戦は行われるとだけ、断言しておきます。作戦行動の指揮は、もちろん、この中村基地司令官、馬場聡一郎准尉が取らさせていただきます。

記者1（声）　水沢さん！　爆発の直前は、なんと叫ぶつもりですか？

水沢　……天誅《てんちゅう》ですかね？

馬場　天誅は変じゃないか？

水沢　（ハッと）私、セーラーアースが好きなんです。（馬場に）言っていいですか？

馬場　ああ。なんだね？

水沢　「地球に代わってパニッシュメント。こらしめちゃうぞ」

全員　……。

馬場　（咳払い）

水沢　「日本国　万歳」と叫びます。

肥後（声）　水沢さん、頑張って下さい！

水沢　はい！　瑞穂の国を救うために、私はこの命を捧げ、玉と散ります！

水沢の誇らかな顔。
映像、プツッと切れる。
同時に、馬場の声が飛ぶ。

3　馬場司令室

馬場が混乱している。

馬場　どこだ!?　水沢はどこだ!?　水沢！　水沢！

津島修一一等陸曹が飛び込んで来る。

津島　部屋にも会議室にもいません！

馬場　なにぃ!?

女兵士1が飛び込んでくる。

女兵士1　食堂にもトイレにもいません！

馬場　水沢はどこに行ったんだ!?

兵士1が飛び込んでくる。

兵士1　玄関の監視カメラの映像をチェックしました。入り口は通っていません。
馬場　じゃあ、このビルの中のどこかか!?
津島　非常口か裏口か窓から出たのかもしれません。
馬場　探せ！　とにかく、一刻も早く探し出せ！
津島・兵士1・女兵士1　はい！

津島、兵士1、女兵士1、去る。

馬場　なんでだよ!?　なんで、急にいなくなるんだよ!?

女兵士2が入ってくる。

女兵士2　失礼します。マスコミが水沢二等陸士の定例会見を求めています。
馬場　もうそんな時間か……。水沢は体調が悪いと伝えろ。定例会見は明日に延期だと。

女兵士2　はい。

女兵士2、去ろうとすると、肥後がひょいと顔を出す。

肥後　何かあったんですか？

女兵士2　勝手に入ってはダメです。ただちに出て行きなさい！

肥後　まあまあ。僕と馬場准尉の仲じゃないですか。ねえ、馬場さん。

馬場　どんな仲なんだ？

肥後　冷たいなあ。水沢陸士をスターにしたのは、僕ですよ。始まりは僕の記事なんだから。忘れたんですか？

女兵士2　肥後さん。出て行って下さい。

肥後　愛国美人兵士、水沢香織。最後まで完璧に盛り上げますからね。期待していて下さい。さあ、記者会見ですよ。

馬場　水沢は少し体調が悪くて、定例会見は明日に延期します。

肥後　体調？　何か問題でも？

馬場　ナーバスになるのも当たり前でしょう。全国から注目されてるんです。

肥後　それを望んだのは水沢陸士ですよ。馬場准尉、ぜひ、最後の単独インタ

ビューを、

馬場　どこのメディアとも、単独のインタビューは受け付けません。

肥後　愛国美人兵士を育てた、馬場聡一郎准尉もぜひ一緒にお願いしたいんですよ。

馬場　もういいでしょう。さあ、部屋を出ていくんです。

女兵士2　肥後さん、出て行って下さい。

肥後　はいはい。単独インタビュー、お願いしますね。

女兵士2、肥後を押し出して、ドアを閉める。

女兵士2　すみませんでした。

馬場　だんだんつけあがってきたな。たかがネットのチンピラ記者のくせに。

女兵士2　NHKと朝日新聞が、水沢陸士の単独インタビューを申し込んできました。

馬場　民放各社と読売新聞にも個別に聞いてみろ。条件で決めよう。

女兵士2　はい。

ドアがノックされる。

馬場　なんだ!?

兵士2が入ってくる。

兵士2　失礼します。本日の中村B地区の戦闘でテロリストを一名捕虜にしたという報告です。

馬場　捕虜!?　捕まえるなよ。捕虜に食わせる食料なんかないんだから。事故で処理しとけ。

兵士2　女性テロリストです。

馬場　女性？　口は軽そうか？

兵士2　そう思われます。

馬場　（考えて）そうか。よし、会ってみよう。

兵士2　はっ。（ドア外に向かって）おい。

栗原夏菜が兵士3に付き添われて登場。
服も顔も汚れている。

馬場　日本軍の中村基地にようこそ。私は司令官の馬場准尉である。さて、お

栗原　前達の中村ベースはどこにあるのかな？
馬場　……。
栗原　聞こえないのかあ！　お前達、非国民テロリストのアジトはどこだ？
馬場　私は非国民でもなければテロリストでもない。新日本軍所属の兵士だ。
階級は三等陸曹。
栗原　お前たちはテロリストだよ。軍隊の正規軍が住宅街の中に潜んでるわけないだろう。いいか。軍隊はまっとうな基地から出撃するんだ。
こんなボロビルが基地か？
馬場　戦場で外観は関係ない。我々は入口に、「日本軍　第四軍管区　第13方面軍　中村基地」と表示している。正規軍の証だ。お前たちのこそこそ隠れた卑怯なアジトとは違うんだ！
栗原　私達はテロリストではない。
馬場　中村ベースはどこだ！
栗原　……。
馬場　苦しむ前に吐いた方がいいな。いや、吐かないと死ぬぞ。（兵士2に）
つれていけ。
兵士2・3　はい。

兵士2・3、栗原を連れて行く。

女兵士2　これで、奴らのアジトが分かれば、水沢陸士も突入できますね。

馬場　かすかに震えていたのに気付いたかね。もう拷問に怯《おび》えている。……ついてるぞお。すぐに津島を呼べ。尋問させよう。

女兵士2　はい。

馬場　さあ、水沢だ。水沢は見つかったか!?

女兵士2　確認してみます。

女兵士2、去る。

馬場　……水沢!

4

街角 交差点

鈴子《りんこ》がずんずんと登場。
後ろから大江房子が追いかけて、

大江　鈴子様、お待ち下さい。少し休憩しませんか？

と、声がかかる。

長谷川　ちょっと待ったあ！
兵士3人　ちょっと待ったあ！

長谷川寛太と兵士三人（ABC）が銃を持って登場。

長谷川　お前達、日本人か？
大江　そうですよ。見たら分かるでしょう。
長谷川　ではなぜ、赤信号で渡った？
大江　えっ？　だって、車、いないじゃないの。
長谷川　日本人なら、車がいてもいなくても、赤信号は止まる。
兵士３人　日本人なら、車がいてもいなくても、赤信号は止まる！
大江　だって、全然、車、いないんですよ。
長谷川　日本人は、車がいるかどうか関係ない。赤信号は止まる。それが日本人だ。
兵士３人　日本人だ！
大江　いや、それはそうかもしれないけど、
長谷川　車がいないからといって、赤信号を平気で渡るのは外国人だ！
兵士３人　外国人だ！
鈴子　ごめんなさい。急いでたんです。
長谷川　赤信号を無視するお前たちは、日本人じゃない！
兵士３人　日本人じゃない！
大江　日本人ですよ。
長谷川　では、『日本精神』を見せたまえ。

兵士A　日本人なら常に

兵士B　『日本精神』を

兵士C　携帯しているはずだ。

長谷川・兵士3人　はずだ！

大江　いえ、ちょっと事情があって、持ってないんです。

長谷川　何!?

兵士3人　何!?

兵士3人、銃を構える。

長谷川　とうとう

兵士A　正体を

兵士B　現したな！

兵士C　お前たちは

長谷川　非国民テロリストだな！

兵士3人　だな！

大江　違いますよ。事情があるんですよ。

長谷川　それはなんだ!?

兵士3人　それはなんだ!?
大江　普通に会話しませんか?
長谷川　普通とはなんだ?
兵士3人　なんだ!?
大江　いえ、いいです。
鈴子　あなた方は、日本軍の中村基地の人達ですか?
長谷川　だったらなんだ?
兵士3人　なにが言いたい?
鈴子　司令官に会わせていただきたいんです。
長谷川　司令官?　お前は誰だ?
鈴子　私は、鈴子《りんこ》です。
長谷川　鈴子?　名字は?
鈴子　ありません。
長谷川　名字がない?　からかってるのか?
鈴子　私には名字はありません。
長谷川　バカを言え。名字がないのは、江戸時代の百姓ぐらいだぞ。お前は江戸時代の百姓か?
大江　自分が何言ってるか、分かってる?

鈴子　私は江戸時代のお百姓さんではありません。

長谷川　じゃあなんだ？　名字がないのは、あとは……天皇御一家だけだぞ。

大江　そうなんです。この方は、鈴子内親王殿下《りんこないしんのうでんか》でいらっしゃいます。

長谷川　鈴子内親王殿下。

兵士3人　（バラバラに）……鈴子内親王殿下。

大江　そこは、そろえなさい！

鈴子　はい。

大江　陛下のご令嬢、プリンセス鈴子さまです。ちなみに私は宮内庁女官、大江房子です。

長谷川　なんの冗談だ？

鈴子　冗談ではありません。

長谷川　嘘だ。（と、再び銃を構える）

兵士3人　先に言うな！　……ほんとなのか？　モンゴル人も名字がないぞ。本当は相撲しにきたモンゴル人じゃないのか？

大江　違いますよ！

兵士3人　長谷川陸士長。殺しましょう。

長谷川　えっ？

兵士A　いくら国が混乱しているとはいえ、

兵士B　皇族を騙《かた》るなど

兵士C　極悪非道の犯罪です。

兵士3人　死刑です。

長谷川　（少し戸惑い）いや、お前達、

兵士3人、狙う。

大江　ええい、下がれ下がれ！　このアイフォンカバーの裏にある、十六八重《じゅうろくやえ》表菊《おもてぎく》の御紋が目に入らぬか！

大江、兵士達に見せつける。

全員の動き、止まる。

大江　頭が高い！　不敬であるぞ！　頭が高い！

長谷川　……へへーっ。

長谷川、ひれ伏す。

が兵士3人は動かない。

兵士A　そんなものは
兵士B　いくらでも
兵士C　偽造できる。

兵士3人、狙う。

大江　ちょっと……あ！　新日本軍だ！

大江、別の方角を指す。

長谷川・兵士3人　え⁉

一瞬、ビクッとその方向を見る長谷川と兵士3人。
その瞬間、大江、走り始める。

大江　鈴子様！

鈴子も慌てて一緒に。

兵士3人　（ハッと気づいて）待て！

兵士3人、走り始める。

長谷川、慌てて後を追いながら、

長谷川　全員、待て！

5　馬場司令室と尋問室

馬場が登場。津島が続く。

津島　捕虜への尋問ですか。
馬場　そうだ。中村ベースの正確な位置が知りたい。水沢のためだ。
津島　はい。
馬場　やつらのデータベースを探ってとりあえず名前は分かった。栗原夏菜。三等陸曹。（一枚の紙を津島に渡す）
津島　！
馬場　こっちのデータベースには、指紋と毛髪のＤＮＡを送って照会中だ。……どうした？
津島　いいえ。
馬場　今日中に吐かせろ。なにしてもかまわん。正確な場所が分かり次第、水

沢は突入する。（渡した紙を取り上げる）

津島　分かりました。

馬場、去る。
津島の視線の先に、机に座ってうなだれた栗原が浮かび上がる。
そこは、尋問室。
机と椅子が二脚。

津島　栗原夏菜だね。

栗原、その声にハッとして顔を上げる。
見つめ合う二人。

栗原　……。

津島　（突然）日本軍一等陸曹、津島と言います。

栗原　……。

津島　今から、あなたを尋問します。なお、全ての会話は記録されます。そのつもりで答えて下さい。分かりますか。私達の会話は録画、録音されて

栗原　……。います。たった今もです。

津島、椅子に座る。

津島　それでは質問に答えて下さい。
栗原　元気だった？
津島　……。
栗原　顔が少し、引き締まったね。
津島　……人違いじゃないですか。質問です。中村ベースの場所はどこです。
栗原　正確な場所を言って下さい。
栗原　……。
津島　中村ベースはどこです⁉
栗原　……黙秘します。
津島　黙秘は許されません。
栗原　……。
津島　……ずっと黙っているつもりですか？

栗原、津島を見る。
電車の発車ベルが聞こえてくる。
津島の回想が始まる。
栗原は津島の視線の中で、コートを着て、バッグを持つ。

津島　どうして帰るんだよ！　夏菜の実家の地域は、反政府軍が制圧しているんだぞ。
栗原　だから帰るの。両親と全然、連絡、つかないんだから。
津島　俺も、一緒に行くよ。
栗原　日本軍の修一が一緒に行けるわけないじゃない。見つかったら、修一が殺されるよ。
津島　だけど、
栗原　第一、すぐにでも出撃なんでしょう。そんな時間、あるわけないじゃない。
津島　……。
栗原　大丈夫。私はただの教師なんだから。新日本軍は民間人を殺しはしないよ。
津島　新日本軍じゃない。反政府軍だ。

栗原　そうね。じゃあ、行く。
津島　無理するなよ。
栗原　うん。……どうしてこんなことになっちゃったんだろう。
津島　反政府軍の奴らが悪いんだ。あいつらが先に卑怯なテロをやるから。
栗原　犯人はまだ分かってないじゃない。日本軍の謀略だっていう説もあるし。
津島　それ以上は言わない方がいい。
栗原　だけど、
津島　大丈夫。戦争はすぐに終わるさ。そしたら、日本は美しく変わる。日本がひとつにまとまって、誇りを持って韓国や中国と戦える国になるんだ。
栗原　それは修一の好きな空想？　修一は戦争が終わった後を、もう想像してるの？

発車のベルが鳴る。

二人　！
津島　着いたら、連絡、くれよ。
栗原　うん。
津島　なるべく早く、帰るんだぞ。

栗原　うん。
津島　ご両親によろしく。
栗原　うん。それじゃ。

栗原、津島にしがみつく。
津島、それに応える。
栗原、電車に乗り込むマイム。
電車が動き出し、津島、去っていく栗原を追う視線。
その間に、栗原、コートを脱ぎ、バッグをしまう。
回想が終わる。
尋問室で、机を挟んで対峙する二人。

津島　……どうして連絡しなかったんだ。
栗原　えっ？
津島　（ハッと）いや、なんでもない。中村ベースはどこです？
栗原　黙秘します。
津島　中村ベースはどこです!?
栗原　……。

津島、立ち上がり、ウロウロする。

津島　……世間話でもしますか。

栗原　えっ？

津島　いきなり、黙秘しますと言われたら、あとは、あなたを痛い目にあわせるしかなくなります。

栗原　……世間話ですか。

津島　私の知り合いにね、恋人が故郷に帰るのを見送った後、2年、恋人からなんの連絡もなかった奴がいるんですよ。3年間もつきあっていたのにですよ。ひどい恋人でしょう。

栗原　……。

津島　知り合いは、2年、ずっと心配していたそうです。

栗原　……。

津島　何度連絡しても、返事が来ないんですよ。ずっと黙秘されたんですね。

栗原　……何か事情があったんじゃないですか。

津島　事情？　どんな事情でしょう？

栗原　その恋人はこの国を変えたいと思ったんですよ。

津島　それは意外ですね。新しい相手ができたのかと思ったんですが。

栗原　この時代にですか？
津島　日本が生まれる変わる、希望に溢れた時代ですよ。こんな時代こそ恋愛が相応しいと思いませんか？
栗原　……その知り合いは、どちらの側ですか？
津島　どちらの側？
栗原　新日本軍？　それともファシスト？
津島　日本軍です。
栗原　ファシストですか。じゃあ、恋人は？
津島　彼女が行ったのは、非国民テロリストが支配する地域でした。
栗原　新日本軍ですか。ファシストと戦う軍隊ですね。
津島　それが事情ですか!?　驚いた。つまり、知り合いの恋人は非国民テロリストに洗脳されたということですか。
栗原　その知り合いの方が、事実をを知らないいんじゃないですか？
津島　なんの事実です。テロリストのですか？
栗原　ファシストのです。
津島・栗原　……。

黙ったまま、見つめ合う津島と栗原。

6 馬場司令室

馬場、長谷川、それに鈴子と大江が入ってくる。

馬場　申し訳ありませんでした！　もう、なんとおわびしていいか！　こら、長谷川！　なんでお前はとめなかったんだ!?
長谷川　いや、若い奴らはがんばっちゃうから。
馬場　若い兵隊はバカばっかりなんですよ。
大江　あの三人は、打ち首獄門にしておきますから、ご安心下さい。
馬場　分かってます？　もう少しで殺されそうだったんですよ!?
大江　本当にすみません。いえ、佳子《かこ》様なら、写真集も出て有名なんですけど、鈴子様は盲点でした。
大江　鈴子様は陛下のご令嬢。佳子さまは親王のご令嬢。比べるのも失礼ですよ。

鈴子　いいんです。誤解がとければ、それでいいんです。

馬場　ありがたきお言葉。あの、それで、鈴子プリンセス大魔王は、

大江　鈴子内親王殿下です。

馬場　鈴子内親王殿下は、何をなさりにこんな最前線の最前線に？

鈴子　水沢陸士に会わせて下さい。

馬場・長谷川　えっ。

鈴子　ぜひとも、水沢陸士にお会いしてお話したいのです。

馬場　……いえ、それが……

鈴子　そのためにここまで来たのです。ぜひ、会わせて下さい。

馬場　それが……今、水沢は体調を崩して、ちょっと休んでおりますです。

大江　まあ。

鈴子　それはいけません。お見舞いに伺ってもよろしいですか？

馬場　それが、今は面会謝絶だと、医者にきつく言われておりござそうろう。

大江　慣れない敬語は使わなくてよろしい。

馬場　かたじけない。

鈴子　面会謝絶!?

大江　そんなに悪いのですか？

鈴子　自爆攻撃を選んだこととと関係があるのですか？

馬場　それは分かんない。
大江　タメ口《ぐち》はやめなさい。
馬場　申し訳ないのですが、面会はできませんので、ただちにお帰りください。
大江　最前線は非常に危険です。
馬場　ここは日本軍の基地でしょう。
基地の中も安全ではありません。非国民売国奴テロリストはじつに卑怯な奴らです。一刻もはやく、安全地帯までお帰り下さい。
鈴子　それでは、ここで水沢陸士が回復するのを待たせていただきます。
馬場　は!?
鈴子　私は、皇室に生まれた者として、どうしても水沢陸士と話がしたいのです。
馬場　どうしてです?
鈴子　それは、水沢さんにお話しします。
馬場　……。
大江　それでは、鈴子様と私が休める部屋を御用意下さい。
馬場　いやあ、それが、この基地は今、部屋という部屋がふさがっておりまして、爆発音。
部屋が揺れる。
驚く全員。

大江　何!?　なんの音!?

長谷川、すぐに窓の外を見る。

長谷川　自動車爆弾ですね。
大江　自動車爆弾!?

鈴子と大江、窓際に走る。
馬場も続く。

長谷川　最近、増えてきましたね。
馬場　テロリストの奴ら、戦術を変えたのか……。
長谷川　基地の正面とは大胆ですね。まるで、我々の動きを知っているみたいな。

馬場　ちくしょう……。

7　尋問室と馬場司令室

尋問室にいる津島と栗原に光が当たる。
兵士2が入ってくる。

兵士2　失礼します！
津島　どうした!?
兵士2　玄関脇に止めていた車が爆発しました。非国民の奴らのテロと思われます。
津島　被害は？
兵士2　詳しくは分かりませんが、数名、死亡した模様です。
津島　すぐに行く。
兵士2　はっ。

兵士2、去る。

津島　（栗原に）これがテロリストの正体ですよ。

栗原　死んだのは、全員、兵士でしょう。あなた達は、住宅街を攻撃して、民間人を何人も巻き添えにしたんです。

津島　（部屋を出ようとしながら）戦争ですから、そういうことも起こります。

栗原　そうやって、私の両親は殺されました。

津島　！

津島、足が一瞬、止まる。

津島　……戻ってきたら、中村ベースの場所を正確に言いなさい。

津島、去る。（栗原は以下の会話の中で去る）
馬場司令室で窓下を見ていた人達に明かりが当たる。

鈴子　私にできることはありませんか。

馬場　何もないです。一刻も早く、お帰り下さい。

鈴子　私、救護班のお手伝い、いたします。

　　鈴子、去る。

大江　鈴子様！　まだ危険です！
馬場　鈴子様！
大江　（馬場に）水沢陸士に一刻も早く会わせて下さい。あ、部屋、お願いしますね。鈴子様！

　　大江、慌てて鈴子を追う。

8　馬場司令室

馬場　ふざけるなー！　なんだよ、勝手に押しかけて来て！　ここは戦場だぞ！　前線だぞ！　責任持てんぞ！　水沢！　長谷川、持ってるか？
長谷川　ええ、まあ一応。
馬場　くれ！　もうやってられん。
長谷川　ダメですよ。まだ、明るいじゃないですか。
馬場　いいんだよ。どうせ、爆発処理で、しばらくは混乱が続くんだ。

馬場、ドアを開けるマイム。
ドア外に向かって、

馬場　俺は善後策を考えて小一時間は誰とも会わん！　電話も取り次ぐな！

女兵士2（声）　分かりました。
馬場　（ドアを閉めて）はやく、くれ！
長谷川　はいはい。

と、バッグからキノコを出し始める。

馬場　小出しにしないで、まとめて売れよ。
長谷川　そうしたいですよ。でも、このキノコはなかなか見つからないんですよ。
馬場　2万円です。
長谷川　2万円!?　お前、また値上がりしてるんじゃないか！
馬場　だから、貴重なキノコなんです。嫌なら、いいんですよ。
長谷川　お前、上官をゆするのか!?　反逆罪で銃殺にするぞ。
馬場　死んだら、手に入りませんよ。
長谷川　分かったよ。ほら。

馬場、2万円を渡す。

長谷川　それじゃあ、ナイスなトリップを。

馬場　とっとと行け。

長谷川、去る。
馬場、キノコを一気に食べる。
恍惚の表情。
次の瞬間、馬場、びくんと痙攣《けいれん》する。

馬場　（歓声）

そして、馬場の目には極彩色の風景が始まる。
セクシーな音楽。
そして、セクシーな格好をした女が３人、セクシーなダンスをしながら
登場。

馬場　（さらに歓声）待ってました！

女３人、踊りながら馬場の周りにまとわりつく。馬場も一緒に踊る。
セクシーなダンスを続けながら、

馬場　俺ってどう？
女3人　さいこー！
馬場　俺ってさいこー？
女3人　ちょーさいこー！
馬場　俺ってセクシー？
女3人　ちょーセクシー！
馬場　俺って天才？
女3人　ちょー天才！
馬場　どこが最高？
女3人　顔がさいこー！
馬場　知ってるー！
女3人　頭がさいこー！
馬場　知ってるー！
女3人　ダンスがさいこー！
馬場　ん？
女3人　エッチがさいこー！
馬場　知ってるー！
女3人　すべてがさいこー！

馬場　俺は最高!?
女３人　ちょうさいこー！　馬場聡一郎、ちょうさいこー！　馬場帝国、ばんざーい！
馬場　ばんざーい！
女３人　馬場帝国、ちょーさいこー！
馬場　ようし。さあ、やるぞお。ひいひい言わしちゃる！
女３人　えっちぃー！
馬場　そうなんです。私はエッチなんです！
女３人　エッチ、さいこー！
馬場　エッチ、
女３人　ちょーさいこー！

馬場、女達の中に水沢がいるのを見つける。

馬場　水沢！　お前、こんな所にいたのか！　なんでだ！　なんで、逃げたんだ！
水沢　逃げたんじゃない。ちょっとお散歩してたの。
馬場　お散歩？

水沢　そう。馬場将軍にお花をプレゼントしたくて。ちょっとお花を摘みに行っただけ。

馬場　じゃあ、もうどこにも行かないな。

水沢　どこにも行かない！　ずっとずっと馬場将軍の傍にいる！

女２人　私も、ずっと傍にいる！

馬場　ようし、やるぞお！　ビバ、セックス！

女３人　ビバ、セックス！

馬場　（歓声）

と、長谷川を先頭に、ビキニパンツ一枚の男３人が踊りながら、登場。
長谷川はふんどし姿。

男達　馬場、さいこー！　ビバ、セックス！　ビバ、セックス！

馬場　なんだ、お前達は！　お前たちなんか呼んでないぞ！

長谷川　私達は

男１　あなたの

男２・３　想像力！

長谷川　だから

男１　あなたは
男２　心の奥底で
男３人　私達を
長谷川　求めている！
馬場　そうなの？
男達　そうなの！
女３人　そうなんだ！
馬場　そうかあ！
女３人　いらっしゃーい！
男達　こんにちはー！
馬場　ようし。こうなりゃ、男も女もまとめて面倒みてやる！　前からも後ろからもバッチ来ーい！
男達　いきます！
女３人　いきまーす！
馬場　いらっしゃーい！

女３人と男達、馬場に覆い被さる。

馬場　（もだえる）

暗転。

女達　（喘ぎ声）
馬場　（喘ぎ声）
男達　（喘ぎ声）
馬場　（喘ぎ声）

と、ドアが激しくノックされる。

女兵士2（声）　馬場准尉！　馬場准尉！

ゆっくりと明かり。

9　馬場司令室

馬場が苦しそうに立ち上がる。

馬場　なんだ!?　今は誰とも会わないと言っただろう!
兵士(声)　見つかりました!　水沢二等陸士が見つかりました!
馬場　なんだと!?
女兵士2(声)　中村C地区を彷徨《さまよ》っている所を保護されたそうです。
馬場　(ドアに近づきながら)今、どこだ?
兵士(声)　連れてきました。ここにいます。
馬場　なに!?

馬場、ドアを開けるマイム。

水沢、兵士に背中を押されて入ってくる。兵士、ドアを閉めて去る。

馬場　水沢……（急に）なんで？　なんで逃げたの？　逃げたんだよね。なんで？　分かってる？　日本中が君に注目してるんだよ。どうして、逃げたの？

水沢　……怖いです。

馬場　は？

水沢　死ぬの、怖いです。

馬場　……何言ってるの!?　水沢が言い出したんじゃないか！　自分で自爆攻撃するって言ったんだよ！

水沢　違います。

馬場　え!?

水沢　私はただ、馬場さんが喜ぶことを言っただけです。

馬場　はあ？　なに、それ？

水沢　だって、馬場さん、私が自爆攻撃しようかなって言ったら、ものすごく嬉しい顔したでしょう？

馬場　そうなの？　全然、覚えてないよ。

水沢　この基地が忘れられてて、食料の配給も弾薬の補給も途絶えてるって、

馬場　馬場さん、悲しんでたじゃないですか。だけど、私が自爆攻撃するって言って注目されたら、どんどん配給が来るようになったって、大喜びしたでしょう。
水沢　したかな。うん、したかもしれない。でも、自爆攻撃するって言い出したのは水沢だよ。
馬場　違います。馬場さんに言わされたんです。
水沢　何言い出すの？　俺、強制した？　命令した？　パワハラした？
馬場　馬場さんの笑顔が私に命令したんです。
水沢　その日本語が分からない。
馬場　馬場さんの笑顔が私を追い詰めたんです。
水沢　復讐するんでしょう!?　殺されたお姉さん達の恨みを晴らすんでしょう。
馬場　あれ、嘘です。
水沢　はい？
馬場　私、一人っ子です。姉妹《きょうだい》はいません。
水沢　じゃあ、なんで嘘言ったの!?
馬場　馬場さん、あたしが自爆攻撃しようかなって言ったらすごく喜んだけど、すぐに、「水沢が死ぬだけじゃ弱いんだよな」って言ったじゃないですか。なんかもっと物語が欲しいって。

馬場　言った？　俺、そんなこと言った？
水沢　そんなこと言われたら、物語、作るしかないじゃないですか。肥後さんに相談したらすっごい美談、作ってくれたんです。私、人の期待を無視できないし、私と出会う人を幸せにしたいし。
馬場　もう日本語が全然分からない。
水沢　だから、全ての責任は馬場さんにあるんです。
馬場　水沢、お前を撃ち殺していい？
水沢　死ぬの怖いです。

と、ドアがドンドン叩かれる。


女2（声）　ダメです！

馬場　誰も入ってくるな！

大江（声）　宮内庁女官の大江房子です！　今、部屋の中に水沢陸士がいらっしゃいますよね！　玄関から入っていくの、見ましたよ！　お元気になられたんですね！　開けなさい！　開けて、鈴子内親王殿下とお話をさせなさい！

馬場　今、取り込んでいるんです。

大江（声）　鈴子内親王殿下の希望を無視するんですか!?　ということは、お父様の、陛下の言葉を無視するということですよ。天皇陛下の言葉を無視するということは、125代、万世一系《ばんせいいっけい》の日本の歴史を無視するということですよ。いいんですか？「馬場は日本の歴史を無視した」ってネットでつぶやきますよ。空前絶後の大炎上が始まりますよ！　もう顔写真から住所から初恋からありとあらゆるものが晒《さら》されて……

馬場　（ドアに近づきながら）分かったよ！

馬場、ドアを開ける。

鈴子と大江が入ってくる。

鈴子　（水沢の前に歩み出て）水沢二等陸士ですね。

水沢　はい。

鈴子　鈴子と言います。

水沢　鈴子？　どこの鈴子よ。

大江　内親王殿下です。

水沢　内親王殿下……なにしてんでっか？

大江、丁寧にずっこける。

他は誰も動かない。
と、カメラのシャッター音。

女兵士2（声）　肥後さん！

肥後が入ってくる。
続いて、女兵士2。

馬場　何してるんだ!?
肥後　感動的な瞬間を撮影したんですよ。鈴子様が水沢二等陸士を激励にきたんですね。だから、今日の記者会見は中止だったんだ。やだなあ、馬場准尉も人が悪い。日本中が感動に震える記事じゃないですか。
馬場　勝手に入るなと言ってるだろう！
女兵士2　出て行くんです！
肥後　デイリーネットの肥後と言います。一言だけ、水沢陸士の感想、もらえますか？
鈴子　私は激励に来たのではありません。
肥後・馬場・女兵士2・水沢　えっ？

鈴子　私は、水沢陸士の自爆攻撃を止めにきたのです。
水沢　えっ……。
鈴子　水沢陸士、死んではいけません。自爆攻撃は間違っています。
全員　……。
肥後　それは、どういう意味ですか？　新日本軍を攻撃してはいけないという意味ですか？　鈴子様は、新日本軍側ということですか!?
鈴子　違います。私はどちら側でもありません。私はただ、この戦争を一日も早く終わらせたいと思っているのです。
肥後　水沢陸士が自爆攻撃をやめたら、戦争は終わるんですか？
鈴子　戦争を終わらせるための一歩です。馬場司令官。どうか、水沢陸士に考え直すように説得していただけませんか？
馬場　えっ。いえ、それは、しかし、
大江　どうしました？　鈴子さまのお言葉が聞こえなかったのですか？
鈴子　水沢陸士、考え直していただけませんか？
水沢　あんた何者？
大江　ですから、内親王殿下です。
水沢　なによ、偉そうに。
大江　偉いです。

水沢　ものすごい上目線じゃない？
大江　ものすごい上の人ですから。
鈴子　水沢陸士。今、日本中があなたに注目しています。もしあなたが自らの命を差し出す形で攻撃をなさったら、同じことを始める人達が間違いなく新日本軍側にも現れます。
肥後　そうかなあ。新日本軍に水沢陸士みたいな勇敢な兵士がいるかなあ。
鈴子　終わりのない報復の連鎖が続くのです。
水沢　馬場准尉。私、自爆攻撃をやめていいんですか？
馬場　……そうだな。鈴子様がこうおっしゃるんだから、
水沢　私、絶対にやります。
全員　えっ。
水沢　私、日本を守るために玉と散ります！
肥後　素晴らしい！
鈴子　水沢陸士！
馬場　水沢！
水沢　自爆攻撃の準備、してきます！

水沢、走り去る。

大江　水沢陸士、失礼ですよ！

馬場、追おうとするが、鈴子の存在を意識して追えない。

肥後　これはすごいニュースですよ！　説得する鈴子様、それでも自爆攻撃を選ぶ水沢二等陸士！　国を思う気持ちは、鈴子様の言葉より重い！　大スクープです！

肥後、飛び出す。

馬場　肥後、ちょっと待て！
大江　待ちなさい！
女兵士2　待ちなさい！

女兵士2、肥後を追って出る。
残される馬場、鈴子、大江。

馬場　いや、なにしろ、姉二人をテロリストに殺されてますから……

鈴子　私はあきらめません。馬場司令官、もう一度、水沢陸士と話すチャンスを下さい。私は絶対に説得します。
馬場　あ、はい。
大江　それまで、基地内で待たせてもらいます。部屋、至急用意して下さいね。

鈴子、去る。
大江も続く。

馬場　……なんなんだ、水沢。どうなってるんだ？（ドアを開けるマイム）水沢を至急、連れてこい。たぶん、あいつの部屋だ。

10　玄関前

津島が働いている。

津島　第三分隊！　状況報告！　残されている負傷者はいないか!?　慎重に調べろ！　まだ爆発物が残されている可能性があるぞ！

女兵士1が、兵士3の肩に手を回して歩いて来る。
津島、駆け寄り、

津島　大丈夫か。
女兵士1　私は大丈夫です。でも、石井陸士が、石井陸士が……
津島（兵士3に）救護室に連れていけ。
兵士3　はい。

兵士3、女兵士1を導いて去る。
兵士2、飛び出てくる。

兵士2　（津島に）周辺、怪しい人影はありません。
津島　分かった。引き続き、警戒行動。
兵士2　はい。

兵士2、走り去る。
津島、周辺を見つめる。
津島に明かりが集まる。
爆発音。
「2009　6　11」の文字が映される。
栗原が混乱しながら出てくる。

津島　（栗原に気付き）栗原！　栗原じゃないか。
栗原　津島先輩。
津島　栗原、大丈夫か!?
栗原　ええ。はい。たぶん。

津島　ケガは？
栗原　ないと思います。
津島　まいったなあ。爆弾テロだよな。まるで、ニューヨークじゃないか。
栗原　先輩、手、握ってもらっていいですか……震えが止まらないんです。

津島、栗原をハグする。

津島　大丈夫か。
栗原　……すみません。
津島　大阪も爆発したって、今、ネットに出てた。
栗原　……道路に、死んだ人がたくさんいて……血が流れてて……体がバラバラの人もいて……
津島　もう大丈夫だ。
栗原　……あたしも、ほんのちょっと先を歩いていたら……
津島　……（栗原の背中をさする）
栗原　どうして、どうしてこんなことが……
津島　大丈夫だ、もう大丈夫。
栗原　……すみません。

津島　もう安心だからな。落ち着け。こういう時は何か楽しいことを想像するんだ。栗原の楽しいことって何だ？　食い物か？　旅行か？　買い物か？　うんと楽しいことを想像して、現実を消すんだ。ウェルカム・ツゥー・ザ・ファンタジー・ワールド！

栗原　……。

栗原、そのままハグをといて、津島を見る。

津島　どうした？
栗原　いえ。津島先輩、お久しぶりです。
津島　久しぶりだ。こんな形で再会するとはなあ。元気だったか？
栗原　……。
津島　今は元気じゃないな。サークルの方はどうだ？
栗原　はい。相変わらずノンキにやってます。
津島　そうか。
栗原　津島先輩は、社会人生活、どうですか？
津島　なんかパッとしないなあ。とりあえず入った会社だしなあ。
栗原　そうですか。

津島　なんか、うまいものでも食うか。奢るぞ。
栗原　食欲、ないみたいです。
津島　そうか。じゃあ、家まで送るよ。
栗原　でも、津島先輩、仕事の途中なんじゃ。
津島　ちょっとの寄り道ぐらい、問題ないよ。テロに遭ったんだからな。
栗原　ありがとうございます。
津島　しかし、いったい、どこのキチガイがやったんだろうなあ。
栗原　たぶん、アルカイダです。
津島　アルカイダ？　アルカイダって、イスラムだろ？　どうして？
栗原　あの時から、私達は、彼らの敵になったんです。
津島　あの時？
栗原　ほとんどの日本人は気づいてないんです。

と、兵士1の声が飛ぶ。

兵士1　津島陸曹！

その瞬間、栗原、津島の体からすーっと離れていく。

それを見つめる津島。

兵士1、近づく。

兵士1　馬場准尉から指令です。ここの指揮は私に任せて、捕虜の尋問に戻るように、とのことです。

津島　分かった。

津島、去る。

兵士1、辺りを見回し、

兵士1　周辺の警戒を怠るなよ！　ガレキを片づけるぞ！

兵士1、指示しながら去る。

11　基地内食堂

鈴子と大江がいる。

大江　食堂しか居場所がないってどういうことなんでしょうねえ。
鈴子　でも、ここだと何が起こっているかわかりますからね。
大江　どういうことですか？
鈴子　知らないうちに、水沢陸士が出撃されたら困ります。
大江　そうですね、いえ、しかし、まさかそんなことが……

と、女兵士1がやってくる。
女兵士1は片腕を包帯で吊っている。

女兵士1　あの、鈴子様ですよね。

大江　なんですか？　サインですか？　サインはダメなのね。でも、握手なら大丈夫よ。
女兵士1　どうしてこんな世界になったんですか？
大江・鈴子　えっ？
女兵士1　私、こんな戦争を望んだわけじゃなくて、どちらかというと反対していたのに、気がついたらこんなことになってるんです。どうしてですか？
大江・鈴子　……。
女兵士1　私、いろんな人に聞いたんです。でも、誰もちゃんと説明してくれないんです。（鈴子に）教えて下さい。
鈴子　それはね、
大江　もし、歴史が間違ったとしたら、２００６年ね。
鈴子　大江さん。私が説明しますよ。
大江　いいえ、鈴子様が直接など、もったいのうございます。これ、下々《しもじも》の者。２００４年、イラクのサマワに自衛隊、今の日本軍の前身が派遣されたのは知っておるか？
女兵士1　いいえ、あたし、その頃、小学生だったので。
大江　無知を若さのせいにするでない。自衛隊が派遣されたのは、「非戦闘地域」だから安全だと言われました。でも戦場で、「戦闘地域」と「非戦闘地域」をどう区別するのかと聞かれた当時の首相は、こう答えました。

小泉首相の実際のニュース映像が流れる。

小泉　「どこが戦闘地域で、どこが非戦闘地域か、今、私に聞かれたって分かるわけがない」

大江　別に笑いを取りにいっているわけじゃないからね。そして、2006年、アメリカを中心とした多国籍軍に反発したイラクのイスラム教徒は、サマワの自衛隊基地にも攻撃をしかけました。この時、民間のイラク人を3人、自衛隊は殺してしまったのです。この瞬間から、日本はイスラム原理主義の敵になりました。

女兵士1　それで？

肥後が入ってくる。

肥後　イスラム世界は、日本をアメリカと同じ敵と考えた。だから、2009年6月11日、東京と大阪でテロを起こした。

女兵士1　あれはそういうことだったんですか。

大江　アルカイダのテロでしたが、犯人は、韓国系と中国系のイスラム人だという噂がネットで流れました。

肥後　国民は反発し、自衛隊の人員は3倍、予算は5倍に増額された。

女兵士1　それから?

大江　2011年、東日本大震災が起こり、そして、また、ネットでは不快な噂が流れました。

女兵士1　それははっきり覚えています。被災地で韓国人や中国人がいろんなものを盗んで回っているっていうニュースですね。

肥後　ニュースではなく、噂だ。国民は単純に反発し、中国と韓国に対して憎悪が強まった。

大江　そこからは分かる?

女兵士1　いえ。そこからは、あまりにいろんなことが起こりすぎて、早すぎて、

肥後　国民投票で憲法は改正され、自衛隊は正式に日本軍になった。規模がさらに拡大され、入隊志願者が殺到した。

大江　そして、有名な作家が書いた『永遠の日本精神』という本がベストセラーになり、日本の伝統に帰れという運動が起こりました。

鈴子　けっこう、いい加減な内容なんですよ。伝統的日本人は「とりあえずビール」で、「から揚げにはレモン」を絞って、奢《おご》りと分かっていても

女兵士1　一応、サイフを出すとか。
肥後　それで？
大江　竹島で三回、尖閣で二回、局地的な戦闘が起こった。
肥後　そして、2013年、竹島奪還国民集会の時、爆弾が破裂し、犯人は韓国人、裏にいるのはサヨクだとネットで騒がれました。
大江　次の日、尖閣出兵に反対する集会でも、爆発が起こった。ネトウヨが犯人、裏にいるのは政府関係者だとネットでは盛り上がった。
肥後　双方の抗議集会が連続し、警察では混乱は抑えきれず、日本軍が出動しました。
大江　それぞれの現場で、騒乱状態の民衆に対して、鎮圧のための発砲命令が出た。
肥後　現場の指揮官達は、日本人を撃てないと拒否し、日本軍は分裂したのです。
大江　韓国・中国と戦うことは現実的でない、または戦うべきでないと考える人達と、
肥後　韓国・中国と戦い、本当の日本を作るべきだと考えた人達に別れました。
女兵士1　そして、内戦が始まった。
私達はどっちなんですか？

大江　分からないで戦ってるの!?
女兵士1　だって私は両親の側にいただけで。よく分かんないけど、親も親戚も隣近所もみんな、一緒に戦ってるから。
肥後　日本軍だよ。日本軍のキャッチフレーズは「美しい日本」、「日本人の誇り」
大江　新日本軍のキャッチフレーズは、「平和な日本」、「日本人の優しさ」。
女兵士1　天皇陛下はどっちの味方なんですか？
大江・鈴子　えっ。
大江　陛下は、日本人同士が血を流し合っていることに激しく心を痛めておいでです。
女兵士1　それで、どっちの味方なんですか？
鈴子　どちらでもないのです。陛下は、同じ日本人を区別したくないのです。
肥後　どっちかを選んだら、味方になった方が負けたら大変なことになるだろう。
女兵士1　大変なこと？
肥後　敵を応援していたんだから、天皇をやめさせられるとか。
女兵士1　そうなんですか!?
大江　違います！　そんな利己的な理由ではありません。とにかく、２００６

年からのそういう流れで、今、あなたはここにいるのです。分かりましたか。

女兵士1　はい。でも、

鈴子　でも?

女兵士1　どうして殺し合わないといけないんでしょうか?

鈴子・大江　……。

肥後　鈴子様、折入って相談があります。

大江　なんですか?

肥後　水沢陸士との記事、もうすごい反応が帰ってきてるんですよ。それでですね、

肥後、話し始める。

鈴子、大江、話を聞きながら退場。

女兵士1は一瞬、残され、別方向に去る。

12　尋問室

栗原がいる。
津島が入ってくる。

津島　話す気持ちになりましたか？
栗原　……。
津島　分かってますか!?　これは戦争なんですよ！　話さないとあなたは殺されるんですよ！
栗原　……。
津島　いいですか！　この国の7割は日本軍が支配してるんです。あなた達は少数派なんです。分かりますか!?　あなた達が間違っているから、支持する人達が少ないんですよ！

栗原　正しいかどうかと数は関係ない。正しさは、多数決では決められない。
津島　あなたは日本を愛してないんですか？
栗原　……。
津島　この国は素晴らしい国です。私達はもっと素晴らしい国にしようとしてるんですよ。
栗原　この国が素晴らしい？
津島　そうですよ。自然が豊かで温泉が湧いて、アニメが面白くて、夜中に外をふらふら歩けて、便座がお尻を洗ってくれて、絆を大切にしてタダでティッシュをもらえる国なんて、世界のどこにもないでしょう！
栗原　すぐ人をカテゴライズして、個性を出さない方がうまくいって、小学1年生は全員がランドセルを背負わなきゃいけなくて、就職活動の時は全員がリクルートスーツを着なきゃいけなくて、マニュアル言葉の過剰なサービスの店員しかいなくて、はっきり物を言わなくて、同性同士の結婚が認められなくて、学校の朝礼は身長順に並ばされるから、背の低い男の子と背の高い女の子は朝礼のたびに自分のコンプレックスを突きつけられて、ブランドが好きで、集団でいないと不安になって、働き過ぎて家庭を壊して、なんかあると絆って言葉を繰り返して、同じ世間だけでまとまってよそ者を排除する国なんて、世界のどこにもない。

津島　……よくしゃべるなあ。
栗原　みんなと同じであることを強制し、はみ出た者を許さないこの国のどこが素晴らしいんだ？
津島　まだ恨みに思ってるの？
栗原　えっ？
津島　（慌てて）いや、あなたみたいなことを言う人は帰国子女に多いからさ。あなたもそうなんじゃないかって思ってね。
栗原　……。
津島　海外から帰ってきた帰国子女っていじめられるって聞くから。そうなんでしょ？　今でも夢に見たりするの？
栗原　……。

小学校のチャイムが聞こえてくる。

13　回想の小学校教室

先生（馬場役の俳優）　みんなー、おはよー！
生徒達　おはようございまーす！

小学生の格好をした男女が手にピアニカを持って入ってくる。
栗原と津島も、さっと小学生っぽい服装に変わる。

先生　うーん、いい返事です。さあ、楽しく音楽の時間を始めましょう。みんな練習しましたかあー！
生徒達　はーい！
先生　それではどのチームから発表しますか？
生徒1（大江役の俳優）　先生！

先生　なんですか、谷崎さん。

生徒1　栗原さん、全然、練習しないんです。これじゃあ、私達のチームは発表できません。

先生　あら。栗原さん。練習してないんですか？

栗原　どうして練習しないといけないんですか？

先生　いきなり、きましたねえ。どうしてってどうしてですか？

栗原　だって私は、こんなオルガンなのかアコーディオンなのか笛なのか分からない中途半端な楽器をやりたくないんです。

先生　ピアニカです。中途半端な楽器じゃないですよ。ブラジルにもあったでしょう？

栗原　ありません。ちなみに、ランドセルも下駄箱も上履きも朝礼も掃除当番も縦笛も大縄飛びも起立礼着席の掛け声もブラジルの小学校にはありません。

生徒4（肥後役の俳優）　サンバ、本当かよ!?

栗原　又吉君。私がブラジルからの帰国子女だからと言って、サンバと呼ばないでって、何回言えばいいんですか。本当です。ありません。

生徒4　それは天国じゃねーか、サンバ！

先生　それはブラジルが遅れているから、ないんですよ。日本の小学校は進ん

栗原　でるんです。
生徒4　8カ月間、アメリカの小学校にも行きましたが、全部ありませんでした。
栗原　ほんとかよ、ブリトニー！
先生　どうして、こんな中途半端な楽器を練習しないといけないんですか？
栗原　ピアニカです。楽器を演奏するのは楽しいでしょう？
　ギターとかピアノとか大人になっても続けられる楽器を演奏するのは楽しいです。でも、こんな中途半端な楽器は楽しくありません。
先生　ピアニカです。とっても楽しいです。ねえ、みんな。
生徒達　（日本人特有の照れた、自己主張しないあいまいな反応）
栗原　それも4人1チームで練習するのはなぜですか？
先生　4人でやれば、お互いが励まし合って、上達も早いでしょう。
栗原　いえ、私は間違うたびに、谷崎さんに罵《ののし》られて、生きることが嫌になりました。
生徒1　ピアニカひとつまともに弾けない奴に、生きる価値があると思うな！
栗原　芥川《あくたがわ》さんには、間違うたびに脅されました。
生徒2（水沢役の俳優）　サンバさあ、間違うたびに、できないとか向いてないとか嫌いだとか言うじゃん。サンバ、サンバ、もう死んだら？
栗原　石原さんには、意味不明に応援されました。

生徒3（長谷川役の俳優）（応援団風に）ガンバー！　サンバー！　ビビンバー！　はい！
生徒達（一緒に）ガンバ！　ルンバ！　金歯！　やまんば！　マリンバ！　お転婆、ゴーデンボンバー、しからずんば、ガンバ、正念場！
先生　素晴らしい！　じゃあ、まず、全員で演奏しましょう！
栗原　先生、私はこんな中途半端な楽器は！
生徒5（鈴子役の俳優）栗原さん。言うだけムダよ。長いものには、巻かれまくるの。
栗原　長いものには、巻かれまくる……。
生徒5　そう。それが日本っていうシステムを生き延びる知恵なの。
生徒達（感嘆・納得・称賛）
先生　いいですか、みなさん。今は、栗原さんの小学校時代の回想シーンなんですからね。みなさんは、小学生のクラスメイトとして登場しているんですからね。そこんとこ、よろしくね。
生徒達　はーい！
先生　それでは、演奏を始めましょう！　さん、はい！

生徒達、『グリーン　グリーン』を弾き始める。栗原も、しぶしぶ従う。
先生も、自分のピアニカを吹く。
前奏が終り、一番に入ると、栗原、歌いだす。

栗原　♪ある日パパと二人で、語り合ったさ〜
先生　ちょっとまちなさい！　栗原さん、なんで歌ってるんですか？

生徒達、演奏をやめる。

栗原　だって、すごく楽しいから歌いたくなったんです。
先生　あなたはどこまでフリーダムなんですか。いいですか、今は音楽の時間で、カーニバルの時間ではありません。ここは学校で、リオではありません！　ピアニカを弾くんです。
生徒6（津島役の俳優）　先生。僕も歌いたくなりました。
先生　武者小路君まで何を言い出すんですか!?
生徒6　歌いたい人は歌って、ピアニカを演奏したい人はするのはどうですか？
生徒3　それ、面白いんじゃないの？
先生　バカなこと言うんじゃありません！　好き勝手なことをしていいわけないでしょう。じゃあなんですか？　人を殺したい人は殺して、殺したくない人は殺さないとか言うんですか？
生徒6　それは極端だと思います。
先生　極端なわけないでしょう！　だいいち、みんな歌いだしたら、伴奏がなくなるじゃないですか！

栗原　私、中途半端な楽器を演奏するのが嫌だったので、家で伴奏を録ってMDに入れてきました。（と、いったん、去る）

先生　ピアニカです。なんですって!?

生徒6　俺、ギター、持ってきてます。（と、いったん、去る）

生徒7　私、カホン、持ってきてます！（と、いったん、去る）

先生　なんでそんなものを学校に持ってきてるの!?　校則違反ですよ！

栗原、生徒6、生徒7、それぞれにMDプレイヤー、ギター、カホンを持って登場。

先生　ち、ちょっと！

生徒6　わん、つうー、すりー、ふぉー！

『グリーン　グリーン』の演奏が始まる。
最初は、ピアニカとギターとカホンの演奏。

栗原　♪ある日　パパとふたりで　語り合ったさ

先生、栗原の歌をやめさせようとすると、突然、生徒1が続きを歌いだす。

生徒1　♪この世に生きる喜び　そして　悲しみのことを

続いて、別な生徒が、

生徒6　♪グリーン　グリーン　青空には　小鳥が歌い
生徒5　♪グリーン　グリーン　丘の上には　ララ　緑がもえる

止めるのをあきらめた先生も歌いだす。

先生　♪その時　パパが言ったさ　ぼくを胸に抱き
栗原・生徒1・先生　♪つらく悲しい時にも　ラララ　泣くんじゃないと
生徒1〜6・栗原・先生　♪グリーン　グリーン　青空には　そよ風ふいて　グリーン　グリーン
丘の上には　ララ　緑がゆれる
女子生徒　♪ある朝　ぼくは目覚めて
そして　知ったさ　この世に　つらい悲しい

ことがあるってことを

男子生徒　♪グリーン　グリーン
青空には　雲が走り

女子生徒　♪グリーン　グリーン
丘の上には　ララ　緑がさわぐ

栗原　栗原スペシャル！

栗原、ＭＤプレイヤーのスイッチを押す。
にぎやかな伴奏が加わる。

全員　♪その朝　パパは出かけた
遠い旅路へ
二度と　帰って来ないと
ララ　ぼくにもわかった
グリーン　グリーン
青空には　虹がかかり
グリーン　グリーン
丘の上には　ララ　緑がはえる

チャイムが鳴る。

先生　それでは音楽の時間はここまで。栗原さんは音楽の時間をメチャクチャにしたのであとで反省文を出して下さい。それでは、給食の準備です。班の人全員が食べ終わるまで、昼休みはおあずけですからねー！

生徒達　はーい！

生徒1・2・3を残して、全員、去る。
生徒1・2・3、さっと栗原の周りに集まり、

生徒1　栗原、お前のせいで、うちらピアニカのテスト、パスできなかったじゃないか！

生徒2　ドカ！

生徒3　ボカ！

生徒1・2・3　ドス！　ガツン！　ボコバコ！

栗原、倒れる。

先生（声）　給食の準備だぞー！

生徒1・2・3　はーい！

生徒5、登場。倒れている栗原に近づく。栗原はゆっくりと起き上がる。

生徒5　栗原さん、死なないでね。

栗原　ありがとう、太宰さん。私、強くなるから。

生徒5　うん。どんなにいじめられても死なないでね。

栗原　空手とか格闘技とかやって、強くなるから。

生徒5　そっちか。栗原さん、英語読む時、もうちょっと、日本人っぽく読んだ方がいいよ。

栗原　えっ。

生徒5、去る。

栗原、小学校の服を脱ぎ、尋問室の椅子に座る。

14　尋問室

津島が立っている。

津島　なんとか言ったらどうなんですか!?
栗原　……。
津島　たしかに日本に帰ってきて、嫌なことがあったかもしれない。でも、いい所の方がはるかに多かったでしょう。
栗原　……私は、まだ、納得できる答えを聞いてない。
津島　なんの？
栗原　全て。
津島　例えば？
栗原　どうして小学生はシャーペンを学校に持ってきてはいけないのか。どうして、体に悪い体育座りをしなければいけないのか。

津島　（またかという顔）いや、だからそれは……そういうものなの。
栗原　それは理由になってない。
津島　いい？　なんでもかんでも、理屈で理解しようとしたらどうなる？　欧米みたいにものすごくギクシャクした世界になるでしょう？　日本人は、みんな仲良く「あ・うん」の呼吸なの。
栗原　それを「世間」と呼ぶと、昔、教えられた。
津島　そうだよ。助け合う「世間」だよ。
栗原　「世間」は身内しか助けない。よそ者は排除され、差別される。
津島　なんでそういう言い方になるの!?　そういう上目線なのが帰国子女が嫌われる原因だって！
栗原　納得できないことを納得できないって言ってるだけだ！
津島　「あ・うん」の呼吸で飲み込むのが日本精神なの！
栗原　ファシストの考え方だ！
津島　その言い方がテロリストだ！
栗原　ファシスト！
津島　黙れ！　テロリスト！
栗原　発言を黙れと言うのがファシストだ！
津島　それはお前たちテロリストのことだ！

栗原　ファシスト！
津島　テロリスト！

ノックされる。

津島　なんだ!?

兵士3、入ってくる。
手には電話。

兵士3　馬場司令からです。

津島、電話を受け取る。

15　馬場司令室

電話している馬場が現れる。

馬場　吐いたか？
津島　いえそれが……。
馬場　何をぐずぐずしてるんだ。今日中に吐かせろ！
津島　はい！

尋問室の明かりが落ち、津島と栗原の姿、見えなくなる。

馬場　津島。お前、まさか拷問するのが嫌とか思ってるんじゃないだろうな。いいか、相手は売国奴テロリストなんだぞ。死んでも、国民は喜ぶことはあっても、なんの問題もないんだ。……よし、急げ。（電話を切る）水沢はどこだ!? はやくここに連れてこい！ まだ見つからないのか!?

兵士2が飛び込んでくる。

兵士2　中村D地区で、水沢陸士、目撃されました。
馬場　D地区!? 田舎じゃねえか。なんでそんな所にいるんだ!?
兵士2　地元の警官が呼び止めた所、一言呟いて走り去ったそうです。
馬場　一言？ なんて言ったんだ？
兵士2　それが、

別空間に水沢。

水沢　……死ぬの怖い。

水沢、わめきながら脱兎のごとく去る。

馬場　なんなんだ、あいつは!? 七回生まれ変わっても、あいつを七回殺してやる！

女兵士2、慌てて飛び込んでくる。

女兵士2　馬場准尉。記者会見が始まってます！
馬場　記者会見!? 何言ってるんだ！ 今日は中止って言っただろう。
女兵士2　それが、鈴子様が話されてます。
馬場　何!?

女兵士2、テレビのスイッチを入れる。
鈴子が記者会見をしている映像が映される。

記者　もし、水沢陸士の自爆攻撃をとめられなかったらどうするんですか？
鈴子　何があってもとめます。
別な記者　何か方法はあるんですか？
鈴子　分かってもらうだけです。ですから、こうやって、みなさんの前で水沢陸士と話そうと決めたのです。
肥後　説得できるとお思いですか？
鈴子　絶対に説得します。

女兵士2、スイッチを切る。
記者会見の風景、見えなくなる。

馬場　なんでだ！　なんで勝手に記者会見、始めてるんだ!?

女兵士2　四大新聞とテレビ局が、二人同時の記者関係を要求したんです。肥後さんのスクープがよっぽど、腹立たしかったみたいで。

馬場　くそう……。

女兵士2　どうしますか？　水沢陸士をみなさん待ってますよ。

馬場　どうしようもできないよ。

女兵士2　馬場准尉だけでも、

馬場　俺に何ができるんだよ！

と、馬場の携帯が鳴る。
馬場、取り出し、相手を見て焦る。

馬場　（携帯に出て）はい！　馬場准尉であります。はい。分かっております。えっ？　……はい、すぐに水沢を出します。はい。わざわざ、ありがとうございます。

馬場、電話を切る。

女兵士2　？

馬場　第四方面軍の高峰陸将だ。日本軍兵士の決意は、たかだか、内親王の言葉ぐらいで揺らぐのかと言われた。

女兵士2　どうするんですか？

馬場　ああっ……。長谷川を呼んでくれ。

女兵士2　記者会見に出るしかないでしょう！　正直に水沢陸士はいなくなったって言うしかないんじゃないですか？

馬場　そんなことが言えるか！　……くそう。

馬場、座り込む。

16　記者会見場

記者会見が続いている。

記者　陛下には最前線の中村地区を尋ねることは御報告なさったんですか？
鈴子　いえ。もし、御報告すれば、間違いなくとめられると思いました。
別の記者1　陛下は水沢陸士のことをどう思われているのでしょうか？
鈴子　陛下の御心《みこころ》は私には分かりません。

と、馬場が登場。

肥後　馬場司令！　水沢さんはどうしたんですか？
馬場　……。

他の声も飛ぶ。
「水沢さんはどこですか!?」

馬場　水沢陸士は……売国奴テロリストに拉致されました。
鈴子・大江　え!?

記者達もどよめく。
記者会見場の隅にいた女兵士2は唖然とした顔をしている。

馬場　卑怯にも、非国民売国奴テロリストは、自動車爆弾の爆発混乱の隙間をついて、我々の英雄、水沢陸士を誘拐しました。
肥後　それは確かなんですか!?
馬場　たった今、売国奴テロリストから声明が届きました。「水沢陸士を拉致した。ただちに、中村地区から撤退しろ」と書かれていました。
別の記者2　どうするんですか!?
馬場　もちろん、撤退はしません。
別の記者3　水沢さんを見捨てるんですか!?
馬場　とんでもない！　水沢陸士を救うために、我々ができる最大のことをやるつもりです。

鈴子　私も協力します！

馬場　ありがとうございます。緊急事態ですから、今日の記者会見はこれで終了します。以上です！

記者達　（興奮した反応）

記者達、騒ぎながら去る。

残される、馬場、鈴子、大江。

鈴子　私、なんでもします。言って下さい。

馬場　いえ、私達がなんとかしますから。鈴子さまはもう皇居にお帰りくださ い。

鈴子　どうしてですか？　私では役に立たないと思ってらっしゃるのですか？

馬場　ここは戦場ですから。女性には危険です。

鈴子　女は戦場にいてはいけないのですか？　どうしてです？　女は役に立たないのですか？

馬場　いえ、女性は戦場にいない方がいいですよ。

鈴子　じゃあ、どこにいればいいんですか？

馬場　ですから、皇居に戻っていただいて。
鈴子　（強く）皇居で、女の私に何をしろというのですか？
大江　鈴子様。
馬場　失礼します。緊急事態ですから。

馬場、去る。

鈴子　どこに行っても、同じことを言われる……
大江　我慢です。とにかく今は我慢です。

と、肥後が入ってくる。

肥後　鈴子様は、水沢陸士のために、何ができるとお思いですか？
鈴子　今、考えています。何かあります。絶対に、何かあります。

鈴子、いらいらと歩き始める。

大江　直接、行ってみるって、どうですかね？

鈴子　大江さん、どういうことです？
大江　いえ、鈴子様は勇敢にもここまでいらしたんですから、新日本軍の基地に行くのも、そんなに変わらないかと……すみません。危険ですね。私としたことが、
鈴子　いえ、大江さん、それは名案です。会って、直接、水沢陸士を殺してはいけないと説得するのです。でも、新日本軍の基地は秘密ですよね。
肥後　会ってみますか？
鈴子・大江　えっ？
肥後　新日本軍の中村地区の司令官に。
鈴子・大江　!?
鈴子　会えるんですか!?
肥後　俺はネットのチンピラジャーナリストだからね。チンピラにはチンピラのネットワークがあるんだよ。まあ、朝日新聞とかＮＨＫのエリート記者なら無理だけどね。
鈴子　会わせて下さい。
肥後　ひとつ、条件がある。
大江　なんです？
肥後　独占取材させてくれ。

鈴子　分かりました。お願いします。
大江　鈴子様。

肥後を先頭に、鈴子、大江、去る。

17　山腹

歩いている長谷川。

長谷川　誰だ!?

と、体や服に泥や葉っぱがついた格好の水沢が出てくる。

長谷川　あれ？　あんたは……水沢陸士じゃね？
水沢　違います。
長谷川　違うって、あんたの顔を知らない日本人はいないよ。あんた、新日本軍に捕まったんじゃないの!?
水沢　あたしが？
長谷川　そうだよ。今、日本中、大騒ぎだぜ。でも、なんでこんな場所にいるの？

水沢　山の中歩いてたら、道から滑り落ちて、川にはまって流されて、イノシシの背中に乗ってここまで来たの。

長谷川　人間の答えじゃないね。まいったなあ。この山に来ちゃダメだよ。

水沢　……あなたは誰ですか？

長谷川　俺？　知らない？　長谷川陸士長。

水沢　ああ、「役立たずの長谷川さん」。

長谷川　もう一個、あだ名があるでしょう。「長生きの長谷川」ね。拉致されて、逃げてきたの？　だったら早く基地に戻らないと。みんな心配してるよ。

水沢　……。

長谷川　……そうじゃないのか。どうしたの？

水沢　私、死にたくないの。

長谷川　だって、自爆攻撃するんだろう？

水沢　……死にたくない。

長谷川　……あんた、金持ってる？

水沢　えっ？　まあ、いくらかは。えっ、ドロボウするの？

長谷川　違うよ。金持ってたら、助けてやるよ。

水沢　ほんと？　逃がしてくれるの？

長谷川　ああ。現実から逃がしてやる。（バッグからキノコを取り出し）うんと楽しいことを想像しながら、かじってみな。

水沢　なに、それ？

長谷川　大丈夫。見かけは毒々しいが安全だ。これは、この土地に生えてるパンガンダケだ。

水沢　パンガンダケ……。

長谷川　一番、分かりやすく言うとマジックマッシュルームだな。この辺りじゃあ、正月とかお祭の時に、こっそり楽しんでたんだ。1万円でいいよ。

水沢　じゃあ、やっぱり食べられるのね。

長谷川　やっぱり？

水沢　（斜めにかけたバッグから一杯取り出す）いっぱい、見つけたの。食べられるかどうか不安で。

長谷川　おい！　そんなに採ったのかよ！　貴重なんだぞ。

水沢　だって、お腹ペコペコだったんだもん。これ食べると、どうなるの？楽しくなるの？

長谷川　想像力が加速される。

水沢　想像力が加速される？

長谷川　自然に楽しくなるんじゃなくて、ちょっと楽しいと思ったことが拡大、増強される。

水沢　よく分かんない。

長谷川　バイアグラを飲んでも、エッチな気持ちにはならない。でも、エッチな気持ちを強化するんだ。分かるかな？

水沢　大人の説明ね。でも、楽しいことなんて、この時代に……

長谷川　なんかあるだろ、楽しいこと。

水沢　楽しいこと……

長谷川　そう。食いながら、楽しいことを想像してごらん。

水沢、恐る恐る、キノコを口に入れる。

長谷川　楽しいこと……。

水沢　……（考える）

水沢の体がびくんとなる。

水沢　（歓声）

水沢の見える風景、極彩色となる。
強烈な音楽。
寿司やラーメン、カレー、スイーツ、フルーツなどの格好をしたフード
ダンサー達、出てくる。
水沢、感動して一緒に踊る。
長谷川も、途中から楽しくなって一緒に踊る。
ひとしきり踊った後、全員、踊りながら去っていく。

18　尋問室

津島と栗原がいる。

津島　いい加減にしゃべれ！　このテロリスト！
栗原　ファシストに話すことなんかない！
津島　死にたいのか!?
栗原　はやく殺せ！　人殺し！
津島　人殺しはお前達だ！

と、ドアがバンッと開き、馬場が入ってくる。

津島　馬場准尉。

馬場、無言で栗原に近づき、いきなり殴り倒す。
続けて、馬場、倒れた栗原の腹を何回も蹴る。

馬場　中村ベースはどこだ!?

津島　……。

津島、その勢いに気圧されて、ただ、見ている。
馬場、倒れている栗原を引き起こす。そして、腹を殴る。
栗原、倒れる。
馬場、倒れた栗原の腹を、蹴り続ける。

馬場　どこだ！　お前たちのアジトはどこだ！

津島　（思わず）馬場准尉、自分がやります。尋問は私の任務です。

馬場、倒れている栗原の腹部を踏みつけながら、

馬場　津島。何をトロトロしとんだ。重大な責任問題だぞ。水沢がテロリストに拉致された。

津島　えっ!?

馬場　おそらく奴らのアジトだろう。一刻も早く、奴らのアジトを攻撃する。

栗原　（栗原の顔を蹴って）どこだ！　お前たちのアジトはどこだ！

（苦痛にうめく）

馬場、栗原を立たせて、

馬場　早く吐け！

顔を殴る。吹っ飛ぶ、栗原。

さらに起こして、顔を殴る。

馬場　どこだ！

また、吹っ飛ぶ栗原。

馬場さらに倒れている栗原の腹を蹴る。

馬場　アジトはどこなんだ！　吐け！　死にたいのか！　どこだ！（！のたび

に、蹴る)

津島　馬場准尉。自分がやります。自分に任せて下さい。

馬場　津島。時間がないんだ。尋問は交代させる。

津島　いえ、お任せ下さい。

馬場　お前がこんなに無能だとは思わなかった。

馬場、去る。

残される津島と栗原。

栗原は倒れたまま、うめく。

津島、思わず栗原に近づこうとするが、カメラを意識して動けない。

津島　……。

栗原　(うめいている)

暗転。

19　新日本軍・中村ベースと馬場司令室

肥後を先頭に大江、鈴子がアイマスクをして、客席から登場。
大江は肥後の肩に、鈴子は大江の肩に手をかけている。

大江　まだなの!?　まだ着かないの!?
肥後　信用しないなら、帰るか?
大江　だって、時間、かかりすぎでしょう。鈴子様、大丈夫ですか?
鈴子　私は大丈夫です。
大江　ほんとに着くんでしょうね?　このまま、マカオとかに美人姉妹って売り飛ばすんじゃないでしょうね。
肥後　大丈夫だよ。うるさいババアだな。
大江　今、ババアって言った?　それ、私のこと?　それとも鈴子様のこと?

肥後　ケンカ売ってる？
大江　よし、着いたぞ。
肥後　ババアって言ったわよね。
　　　着いたんだよ。目隠し、取っていいから。

目隠しを取る大江、鈴子。

鈴子　ここは……。

暗闇から、長谷川哲次が出てくる。

長谷哲　なるほど。たしかに鈴子だ。

長谷川哲次は、長谷川寛太と似ている。ただ、長谷川哲次（以下、長谷哲と表記）は、服装につけた肩章のデザインと、顔の一部（髪形かバンダナがあるなしかメガネがあるなしかヒゲがあるなしか）が長谷川寛太と違う。

大江　お前は！
長谷哲　私を知っているのか？
大江　何を言ってるの！　私達を殺そうとしたじゃないの！（肥後に）どういうこと!?　なんで日本軍なの？
長谷哲　そうか。兄に会ったか。
鈴子　兄？
長谷哲　ああ。兄は日本軍に所属している。
大江　嘘。
長谷哲　嘘言ってどうする。兄は、私と違っていい加減な人間だ。雰囲気が全然、違うだろう。
鈴子　そう言われてみれば……
大江　確かに……
肥後　驚きましたよ。まさか長谷川一佐がいきなり出てこられるとは……
長谷哲　皇室の方だからな。私は天皇制を否定しているが、新日本軍は紳士的な軍隊だ。
大江　今、恐ろしい言葉を言いましたね。
長谷哲　なんだ？　ババアか？
大江　それも恐ろしいですが、もっと恐ろしい言葉。

長谷哲　天皇制を否定しているか？（鈴子に）お父様は本当に皇居にいることに満足しているか？　京都にお戻りになり、日本神道の神官として人間らしくお過ごしになることをお望みではないのか？

大江　無礼ですよ！

鈴子　それは新日本軍の統一見解ですか？

長谷哲　残念ながら私の個人的意見だ。日本人は皇室と原発に関しては何も決められない。そういう状況をまとめて、私は戦いたいんだ。

大江　あなたは早く死んだ方がいいですね。

長谷哲　遅かれ早かれ、死ぬさ。それが戦争だ。

別空間に、馬場と津島が現れる。
そこは馬場司令室。

津島　お願いします。自分に尋問を続けさせて下さい。

馬場　捕虜の顔は無傷だったな。どうしてだ？

新日本軍中村ベースでの会話も続く。

鈴子　必ず死ぬのなら、どうして戦うんですか？
津島　すみません。なるべく穏やかな方法で聞き出そうとしました。
長谷哲　どうして？
馬場　津島、分かっているのか？　これは戦争なのだぞ。
津島　はい。
鈴子　あなたは、死にたいのですか？
馬場　いいか、
長谷哲　違うな。

馬場と長谷哲の言葉がシンクロする。

馬場・長谷哲　我々は戦争をしたくはないんだ。
鈴子　だったら、
津島　えっ？
馬場・長谷哲　しかし、敵側が一方的に戦争を望んだんだ。
長谷哲　我々はやむをえず、
馬場　我々はしかたなく、
長谷哲・馬場　平和のために戦っているのだ。

鈴子　平和のため？
津島　それは分かりますが、
馬場・長谷哲　敵は悪魔のような人間なんだ。
長谷哲　もし、戦わなければ、
馬場　もし、この戦いを放棄すれば、
長谷哲・馬場　奴らはずかずかと我々の領土に踏み込み、
長谷哲　残虐の限りを、
馬場　非道の限りを、
長谷哲・馬場　尽くすのだ。
津島　はい。
鈴子　そうでしょうか。
馬場　いいか。
長谷哲　我々は、
馬場・長谷哲　領土や支配のためではなく、偉大な使命のために戦っているのだ。
鈴子・津島　偉大な使命……
長谷哲　人間の幸福、
馬場　人類の正義、
長谷哲　永遠の平和、

馬場　繁栄する国家、
長谷哲　喜び合う家族、
馬場　連綿と続く歴史、
長谷哲　栄えある文化
馬場　輝く伝統、
馬場・長谷哲　これらの偉大な使命のために我々は戦っているのだ。
鈴子　でも、
津島　お言葉ですが、
長谷哲　もちろん、
馬場　我々も、
長谷哲・馬場　予想できない犠牲をだすことがある。だが、敵は違う。敵は、わざと残虐行為をしているのだ。
鈴子　わざと？
津島　それは、
長谷哲・馬場　敵は卑怯な兵器や戦略を用いている。
津島　分かっています。
鈴子　そうかもしれませんが、
長谷哲　だが、

馬場　安心しろ。
長谷哲・馬場　我々の受けた被害は小さく、敵に与えた被害は強烈だ。
長谷哲　さらに、
馬場　なぜなら、
馬場・長谷哲　芸術家や知識人も正義の戦いを支持している。
馬場　我々の戦いを、
長谷哲　我々の苦闘を、
馬場・長谷哲　支え、応援してくれているのだ。
津島　応援……。
馬場・長谷哲　我々の大義は神聖なものである。
鈴子　神聖……。
馬場　だから、
長谷哲　だからこそ、
馬場・長谷哲　この正義の戦いに疑問を投げかけるものは裏切り者である。
長谷哲　分かったかね。
馬場　分かったか？
津島　……はい。
馬場　今晩中に情報を入手できなければ、尋問係を交代させる。いいな。

津島　はい！

津島、去る。

長谷哲　我々が戦う意味、分かっていただけたかな？
鈴子　……だから、日本軍の水沢陸士を誘拐したのですか？
長谷哲　水沢陸士？　我々に自爆攻撃をしようとしている水沢か？
鈴子　ただちに釈放して下さい。
長谷哲　いや、そんな報告は上がってきてないが。
大江　ここまで来たんです。嘘はやめて下さい。

別空間（馬場司令室）にいた馬場、ドア外に向かって、

馬場　至急、長谷川陸士を呼べ。長谷川だ！
長谷哲　ちょっと待ってくれ。報告がどこかで止まっているのかもしれん。確認してくる。

長谷哲、去る。

大江　嘘、ついてますよね。
肥後　戦争ですからね。情報がちゃんと伝わっている保証はないです。
鈴子　なるほど。戦争とはそういうものですね。
馬場　まだか!?　長谷川はまだか!
大江　遅いですね。
肥後　どうしたのかな……。

馬場司令室に長谷川、登場。

長谷川　馬場准尉、お呼びですか?
馬場　おお、長谷川。くれ。あれをくれ!
長谷川　昼間、差し上げたじゃないですか。
馬場　今日はダメだ。やりたくないことやったから、やりきれん。
長谷川　やりたくないこと?
馬場　(拳を触りながら)いいんだ、いいんだ。さあ、くれ。
長谷川　今はないですよ。
馬場　部屋にあるだろう!
長谷川　……持ってきます。

馬場　急げ！
長谷川　はい！

長谷川、去る。

大江　ほんとに遅いですね。
肥後　どうしたのかな……。
鈴子　まさか、水沢陸士に何かあったんでしょうか。
大江　えっ、何かって!?　まさか、そんな！　……まさか、そんな！　……まさか、そんな！

（上手から下手への移動に時間がかかる劇場の場合は、大江のセリフはどんどんのびる）

大江　まさか、そんな……裏通りを……通っているの!?　まさか、そんな……

長谷哲、中村ベースに入ってくる。

少し、息が上がっている。裏通りを走り続けたんだな。

長谷哲　待たせたな。調べたが、やはり水沢という女性兵士を捕まえたという報告はないな。
大江　嘘言わないで。
鈴子　日本軍の司令官が記者会見で言ったんですよ。

別空間にいる馬場、苛立ち、ドア外に、

馬場　長谷川はまだ来ないか!?　長谷川!
長谷哲　待ってろ。もう一度、調べてくる。
大江　また行くの!?
長谷哲　えっ!?
大江　いえ……。

長谷哲、去る。

大江　どういうことでしょう?
肥後　どっちかが嘘をついてるってことかな?
鈴子　どっちかって……(意味を理解して)そんな。

長谷哲、観客から見えることを気にしないで、最短のルートを通って、長谷川に変身して、馬場司令室に入ってくる。

長谷川　お待たせしました。

馬場　遅い！　はやくくれ！

長谷川、渡す。

長谷川　今じゃなくて、寝る時まで待った方がいいと思いますよ。

馬場　分かってる。持ってるだけで安心するんだよ。

長谷川　2万円です。

馬場　(金を渡す手がふと止まり) 長谷川、お前、このこと、誰にも言ってないか?

長谷川　口が固いのが自慢ですから。

馬場　(2万円を渡し) 頼みがある。お前にしか頼めん。

長谷川　なんでしょう?

馬場　水沢がビビッて逃げた。捕虜になったというのは嘘だ。

長谷川　……。

馬場　もし水沢が見つかって、ごまかしがバレたら、日本軍の権威は地に落ちる。嘘は国民に対する裏切りとなる。
長谷川　そうですね。
馬場　誰かに見つかる前に、水沢を殺せ。
長谷川　えっ？
馬場　水沢さえ死ねば、すべては解決する。当分、任務から外すから、水沢を探してくれ。最後に目撃されたのは中村D地区だ。
長谷川　分かりました！

長谷川、去る。

鈴子　どうして馬場司令官が嘘をつかないといけないんですか？
肥後　それは分かりません。
大江　新日本軍に、なにかたくらみがあるのかもしれませんね。

長谷哲、戻ってくる。
（別空間の馬場司令室の明かりが落ち、見えなくなる）

長谷哲　すまなかった。……水沢陸士を捕まえた部隊が見つかった。

大江　やっぱり！

鈴子　お願いです。水沢陸士を解放して下さい。彼女は今、日本中から注目されています。彼女を殺してはいけません。

長谷哲　条件がある。

鈴子　条件？

長谷哲　今、ファシスト軍中村基地に、我々の兵士、栗原夏菜三等陸曹が捕虜になっている。彼女を解放すれば、我々も水沢陸士を解放する。

大江　捕虜交換ということですか!?

長谷哲　それが条件だ。

鈴子　それは日本軍の司令官に求める条件です。私ではありません。

長谷哲　おや、あなたには何の権力もないのかな。ただ、微笑むだけの女性皇族なのか？

鈴子　分かりました。もし、日本軍が捕虜交換に応じなかったら、どうなりますか？

長谷哲　ファシストは、栗原陸曹を殺すだろう。我々も水沢陸士に同じことをする。

鈴子　……必ず司令官を説得します。

長谷哲　以上だ。（肥後に）我々は10時間以内にベースキャンプを移動させる。
肥後、話がある。
肥後　はい。

長谷哲と肥後、去る。
残される鈴子と大江。
去っていく二人を見つめる大江。
考え込む鈴子。
暗転。

20　津島のアパート

栗原　できたよー。

栗原、カレーの入った鍋を持って登場。

津島の前のテーブルには、ごはんの盛られたお皿が二つ、スプーンが二つ、水の入ったコップが二つ。

栗原、カレーを鍋からおたまですくって、ごはんの上にかける。

津島　サンキュー。お、うまそうだなあ。

栗原　待たせてごめんね。

津島　いいの、いいの。夏菜のカレー、ずっと食べたかったんだから。

栗原　さあ、どうぞ。

津島　いただきまーす。

津島、スプーンで一口、食べる。

その瞬間、動きが止まる。

栗原　どう？　どう？　……えっ？　変？　まずい？　えっ!?

栗原、自分でも一口、食べる。

栗原　!?　……どうして。

津島　いや、美味しいよ。うん、美味しい。

栗原　嘘。これ、不味いよね、すっごく不味いよね！

津島　いや、すっごくユニークというか言葉を超えたこだわりの味だよ。

栗原　なんで？　なんでこんなに不味いの？

津島　いや、作った本人にそう聞かれても、まったく想像できないというか、焦がしたから？　隠し味をぶちこめるだけぶちこんだから？　これ、カレーじゃないよね。

栗原　まあ、カレーでここまで失敗できるっていうのは、ある意味、才能だよ。

津島　失敗って言った。

栗原　ごめん。これはこれで、食べられるから。

栗原　でた。美味しい基準じゃなくて、食べられるか基準。アメリカの食事みたい。
津島　食べられるなら、いいじゃないの。
栗原　ごめんね。ずっと考え事しながら作ってたからさ。
津島　学校のこと？
栗原　そう！　私が小学校の時となんにも変わってないの。シャーペンはダメとか、体育座りしなさいとか、いろんな規則があって、でも、どうしてそういう規則なのか、根本の理由を説明できる大人がいないの。
津島　「昔からそうだから」って、言うんじゃない？
栗原　そう。どうして分かるの!?

津島、本を取り出す。

津島　この本、夏菜がふだん怒ってることと関係があるみたい。
栗原　なに……「『世間』と『社会』の違いについて」
津島　日本は「世間」と「社会」っていう、二つの世界からできてるって書いてある。「世間」っていうのは、自分に関係のある人達のことで、「社会」ってのは、自分と関係のない人達のこと。
栗原　それで？

津島　日本人は「世間」の中で生きていて、「社会」の人達とは基本的にコミュニケイションしないって書いてある。

栗原　「世間」と「社会」か……。

津島　例えば、駅の階段を乳母車を抱えたお母さんが必死で上がっていても日本人は誰も手伝おうって声をかけないのね。

栗原　そうなの。ブラジルでもアメリカでも、みんな気軽に手伝ってた。

津島　それは、そのお母さんが自分とは関係ない「社会」の人だからだって。もし、その人が知り合い、つまり「世間」の人だったら、すぐに手伝うだろうって。

栗原　なるほど……。

津島　日本以外の国は、「世間」がなくて、「社会」だけだって。

栗原　そうなの!?

津島　だから、知らない者同士が簡単に友達になったり、話したりするって。

栗原　「世間」か……。

津島　夏菜をずっと苦しめてるのは、たぶん、日本の「世間」だよ。「世間」は排他的だとか、伝統と儀式を重んじるとか、年上を無条件で敬うとか、いろいろ書いてある。

栗原　ありがとう。読んでみる。

津島、話が終わったので、ホッとしてカレーを一口食べて、あわてて水を飲む。
栗原、それを見て、

栗原　……やっぱり、修一に作ってもらえばよかった。
津島　もう簡単に作れないかもしれない。
栗原　えっ？　どういうこと？
津島　もうすぐ、忙しくなる。
栗原　何？
津島　俺、日本軍に入る。
栗原　どうして？
津島　2年前のアルカイダテロからなんとなく考えてたんだけどさ、今度、自衛隊が日本軍に変わるじゃない。いい機会だと思うんだよね。
栗原　大丈夫なの？
津島　守りたいんだよ。この国も、夏菜も。
栗原　……。
津島　（奇声）
栗原　どうしたの？

津島　照れたんだよ。夏菜が何も言わないから。
栗原　だって……。
津島　俺、強い男になるからさ、ちゃんと夏菜を守れる、夏菜みたいな強い男に。
栗原　その言い方、変じゃない？
津島　夏菜見ててさ、本当に強いと思うんだよね。俺、職場でおかしいことをおかしいなんて言えないしさ。つい、現実を忘れて、空想の世界に逃げ込んじゃうんだよね。夏菜みたいに自信ないから。だから、ちゃんと、自信つけたいんだよ。
栗原　自信なんかないよ。自信ないから、聞きたくなるんじゃない。みんな、自信あるから、文句言わないんでしょう。
津島　違うよ。……会社やめて、入隊まで時間できるからさ、どっか行こうか。
栗原　どっかって？
津島　一週間ぐらい休み取れる？　普段行けない遠い所。んー、（ロマンを感じて）世界の果て。
栗原　世界の果て？
津島　世界の果てに連れていっちゃる！　さあ、言って。「世界の果てまで連れてって」
栗原　（冷静に）世界の果てには何があるの？

津島　そりゃ、世界の果てなんだから、なんにもないんじゃないか？
栗原　なんにもない所に行くの？
津島　そう。
栗原　（少しあきれて）なにしに？
津島　そりゃ、世界の果てを見るんだよ。
栗原　見て、どうするの？
津島　帰るんだよ。
栗原　……。
津島　温泉に行こうか。
栗原　うん。
津島　さあ、カレー、食べよう。
栗原　でも、
津島　罰ゲームだと思えば、食べられるよ。
栗原　罰ゲーム？（ジロリと）
津島　……（キョドる）。

暗転。

21　馬場司令室と尋問室

ノックの音。

女兵士2（声）　馬場司令！　馬場司令！

明かりつくと、馬場がいる。

馬場　どうした？

女兵士2、飛び込んでくる。

女兵士2　捕虜になっている栗原の正体が分かりました。

馬場　正体？

女兵士２　毛髪のＤＮＡの検査結果が本部から送られてきました。

と言いながら、女兵士２、資料の紙を渡す。

女兵士２　あの女は、特秘指定関係２０１４号です。
馬場　特秘指定関係２０１４号？
女兵士２　テロリスト達が、レディー・ボムともてはやしている女です。
馬場　特殊破壊工作員か!?
女兵士２　そうです。爆弾魔です。
馬場　だから、最近、爆弾でやられてたのか。日本中でわが軍を苦しめてる悪魔が中村地区に来てたのか。（笑い始める）
女兵士２　馬場司令？
馬場　ついてるじゃないか！　これは大ホームランだぞ！　レディー・ボムを捕まえたんだ！　日本中のテロリストのアジトを吐かせるぞ！
女兵士２　はい。
馬場　うまくいけば、こんな最前線からおさらばできるぞ。クーラーの効いた快適な部屋で、命令すればいいだけの地位に上がれるぞ！
女兵士２　……。

ノックされる。

女兵士2　なんですか？

鈴子と大江が顔を出す。

馬場　これは鈴子様。こんな時間にどうしました？

鈴子　お願いがあります。

司令室の明かり落ちる。

尋問室が浮かび上がる。

机に突っ伏している栗原。

それを見つめている津島。

机の上にはカレー。

栗原、目を覚ます。顔には青アザ。口には血が少しついている。

津島　気がつきましたか？

栗原　……。

津島　今日一日、何も食べてないでしょう。匂いで目が醒めましたか？　カレーです。

栗原　カレー……。

と、津島、カレーを栗原に見せる。

栗原、姿勢を起こそうとして、体の痛みに顔を歪める。

津島　大丈夫ですか？　無理してでも食べた方がいい。悪くないですよ。……（努めて陽気に）昔、罰ゲームみたいなカレーを食べたことがありましてね。

栗原　……。

津島　あれは大変だったなあ。

栗原　……夢を見ていました。

津島　夢？　どんな？

栗原　カレーを作った夢。

津島　匂いに刺激されたんですかね。さ、どうぞ。

馬場司令室に明かりが当たる。

（尋問室の明かりは落ちる）

馬場　ちょっと待って下さい！　テロリストのリーダーが水沢陸士を捕虜にしていると言ったんですか？

鈴子　そうです。どうやって、どこで会ったかは、申し上げることはできません。

大江　２６００年以上続く、万世一系の皇室パワーの結果です。

馬場　水沢とお会いになったんですか？

鈴子　いいえ、それはかないませんでした。馬場司令、水沢陸士と栗原陸曹の捕虜交換をお願いします。

馬場　……。

尋問室に明かりが当たる。

（馬場司令室は暗くなる）

栗原はカレーを食べようとして、顔をしかめる。

津島　どうしました？

栗原　口の中が切れているみたいで……

津島　……置いておきますから、ゆっくり食べて下さい。
栗原　……。
津島　中村ベースの場所はどこです？
栗原　……黙秘します。（スプーンを置く）
津島　分かってるんですか!?　このままだと殺されるんですよ！　それも、いきなり銃殺じゃなくて、殴られて拷問を受けて、そのあと殺されるんですよ。それでいいんですか!?
栗原　……。
津島　中村ベースの場所はどこです!?
栗原　……。

津島、立ち上がり、拳を振り上げる。

津島　殴られたいんですか!?　私はあなたが話さないと殴るんですよ！

栗原、黙ったまま動かない。

津島　どうしてですか!?　とりあえず言えばいいじゃないですか！　とりあえ

ず言えば、こっちはそこを調べるんです。そしたら、あなたは協力したことになるでしょう！

津島、自分の言葉に一瞬、はっとする。

津島　……。

栗原　（その雰囲気を感じて）？

津島、突然、栗原の口元に耳をつける。

津島　えっ、何？

栗原　!?

津島　……なるほど。そこが、テロリストのアジトですか。よく言ってくれました。分かりました！　……今日は、ゆっくり寝なさい。

津島、部屋を出て行く。

栗原、啞然としたまま残される。

馬場司令室に明かり。

（尋問室は暗くなる）

鈴子　どうしてダメなんですか!?
馬場　どうして？　答える必要はありません。
大江　鈴子様のご要望を断るのですか!?　失礼ですよ。
馬場　それは命令ですか？
鈴子　かなり強いお願いです。
馬場　あなたには、そんな権力はないでしょう。
大江　馬場司令。言葉にお気をつけ下さい。
馬場　未来の天皇陛下ならまだしも、あなたの言葉には、意味がない。
大江　馬場司令！
鈴子　私は陛下の娘ですよ。
馬場　ご子息じゃないと意味がないでしょう。いとこのプリンス様を連れて来て下さい。ならば、話にも応じましょう。
大江　な、なんてことを!?
馬場　話は以上です。
鈴子・大江　……。
馬場　以上です。（女兵士2へ）鈴子様がお帰りだ。

女兵士2　はい。どうぞ。

と、促す。

馬場　（強く）お帰り下さい。

と、津島が飛び込んでくる。

津島　馬場准尉、栗原、吐きました！
馬場　吐いたか。こっちも、あの女に関するものすごい情報がある。
津島　情報？
鈴子・大江　!?

暗転。

22　倉庫

肥後が入ってくる。
鈴子と大江がいる。

肥後　おはようございます。眠れましたか？
鈴子・大江　おはようございます。
肥後　眠れなかった顔ですね。
大江　こんな倉庫で眠れる訳ないじゃないですか。余りに失礼ですよ。
肥後　それだけが原因じゃないでしょう。（鈴子に）鈴子様、どうするおつもりですか？
鈴子　……それをずっと考えてるんです。
大江　（深刻になる話題を変えようと）朝から基地が騒がしかったですが、何か

肥後　あったのですか？
大江　栗原陸曹がベースの場所を吐いたんですけどね、攻撃したらガセで、民間人を３人殺したみたいです。
肥後　まあ……。
鈴子　馬場司令、カンカンですよ。
肥後　栗原陸曹は、
　殺されるかもしれないですね。鈴子様、何か決めたら教えて下さい。皇居に帰る時もですよ。

　　肥後、去る。

鈴子　……。

　　ドアがノックされる。

大江　はい。

　　津島が慌ただしく入ってくる。

大江　あなたは、昨日の……

津島　津島と言います。

鈴子　栗原陸曹を尋問なさってますよね。拷問しているんですか？

津島　……鈴子様、もう一度、捕虜交換を馬場准尉にお願いしていただけませんか？

鈴子　えっ？

大江　今朝一番に、受付の女性に面会を申し込みました。ですが、

鈴子　忙しくて面会できない、の一点張りです。

津島　断られても何度もお願いして、

鈴子　（思わず）そんなことは分かってます！

津島　……。

鈴子　すみません。……必ず馬場司令を説得します。

津島　よろしくお願いします。

鈴子　どうしてわざわざいらしたんですか？

津島　……水沢陸士を助けたいんです。

鈴子　そうですか。

津島、去ろうとする。

大江　あの、どこか気分転換できる場所はありませんか？　この倉庫にずっといると、なんとも気が滅入って、

津島　ここは戦場ですからそんな場所は……私達はホッとしたい時は屋上に行きます。

大江　屋上。

津島　このビルで唯一、気が休まる場所です。よろしくお願いします。

津島、去る。

鈴子　……。

大江　ちょっと肥後さんと話してきます。

鈴子　えっ？

大江　何ができるか。探ってきます。

鈴子　大江さん。

大江　任せて下さい。それが女官の仕事です。

大江、去る。

残される鈴子。

暗転。

23　尋問室

　すぐに明かり。

馬場　ふざけんじゃねー！

　床に突き飛ばされる栗原。

馬場　（倒れた栗原を起こしながら）いったい、何人殺せばいいんだー！　嘘ばっかり言いやがって！

　殴る、馬場。倒れる栗原。
　津島、それを見つめる。
　馬場、また栗原を引き上げて、

馬場　寝てる場合じゃないだろー。

兵士1が入ってくる。

兵士1　失礼します。

馬場　なんだ?

その瞬間、栗原、馬場の腹に肘打ち。そして、馬場の足を強く踏む。

馬場、うめいて離れる。

兵士1、慌てて、

兵士1　きさまー!

と、拳銃を構えるが、栗原、素早く殴り、銃を奪う。

動くなと銃を構える栗原。

素早く、津島を見る。

津島　……。

津島、動けない。
栗原、部屋から飛び出る。
後を追う、兵士1、馬場。

兵士1　待て！

津島も慌てて後を追う。

馬場（声）　栗原が逃げたぞ！　追え！　追え！

24　倉庫

鈴子がいらいらと歩いている。
ドアが開き、栗原が飛び込んでくる。

鈴子　誰!?

ハッとして銃を構える栗原。
ドア外を走る足音。

兵士（声）　逃げたぞー！
兵士（声）　玄関を固めろー！
鈴子　……あなた、ひょっとして捕虜の人？

栗原　……。

ドアがドンドンと叩かれる。

鈴子　（とっさに）カーテンの後ろ！

栗原、さっと隠れる。
鈴子、ドアを開ける。
兵士2が飛び込んでくる。

兵士2　誰か入ってきませんでしたか？
鈴子　誰かって？
兵士2　女性です。
鈴子　いいえ。誰も。
兵士2　銃を持ったテロリストです。充分気をつけて下さい。
鈴子　はい。

兵士2、去る。

栗原、顔をだす。
鈴子はドアに鍵をかける。

栗原　……どうして？
鈴子　水沢陸士を助けるためには、あなたが必要なの。
栗原　え？

ドアがノックされる。

大江（声）　鈴子様。いらっしゃいますか？　どうなされました？

ビクッとする栗原。

鈴子　大丈夫です。

鈴子、鍵を外し、ドアを開ける。
大江、入ってくる。

大江　鈴子様、鍵をかけてどうしたので（栗原を見て）あなたは誰です!?
鈴子　栗原陸曹です。
大江　新日本軍の!?　なぜ、なぜここに!?　何があったの!?　どーいうことです!?
鈴子　大江さん、私に計画があります。
大江　なんですか!?
鈴子　（栗原に）あなたを助けます。
栗原　えっ？

暗転。

25　玄関の内側

暗転の中、声が飛ぶ。

兵士（声）　徹底的に探せ！

兵士（声）　不審な人物を見逃すな！

兵士（声）　いたか!?

兵士（声）　探せ！

兵士（声）　見逃すな！

明かりがつくと、銃を持った兵士が、玄関を出て行く人を警戒している。

鈴子と、大江のコートを着て、帽子を目深に被り、マスクをした女性が現れる。

玄関から外に出ようと近づく。

兵士4　すみません。そちらの方は？
鈴子　私の世話をしてもらっている女官の大江です。
兵士5　マスクを取っていただけますか？
鈴子　失礼ですよ。私は鈴子内親王殿下ですよ。
兵士4　失礼いたしました。どうぞ。

二人、玄関の出口に近づく。
と、背後から馬場の声がかかる。

馬場　これは鈴子様。お出かけですか？
鈴子　ええ。それでは。

と、鈴子、出ようとする。

馬場　そちらの方は誰ですか？
鈴子　大江ですよ。
馬場　（兵士4に）それ、とってもらいなさい。
兵士4　はい。失礼します。

鈴子　大江ですから。

兵士４、鈴子の言葉を無視して、マスクを取ろうとする。
女性、逃げようとして兵士５に止められ、抵抗した瞬間、マスクと帽子が外れる。
それは栗原。
驚く馬場、兵士二人。

馬場　栗原！　いたぞー！　レディー・ボムがいたぞー！

と、栗原、その言葉の間に、さっと、鈴子を後ろ手にして、銃を突きつける。

栗原　動くな！　動くとこの女が死ぬよ！

別な兵士が二人、飛び出てくる。
続いて、津島も飛び出てくる。
兵士達は、銃を構える。

栗原　近づくな！　下がれ！

肥後も飛び出る。
大江も顔を出す。

栗原　車を玄関前に用意しろ！　お前たち、天皇のご令嬢を殺していいのか？
大変な責任問題になるぞ！

大江　鈴子様！

肥後、ビデオを撮り続ける。
兵士達が銃で狙う。

栗原　下がれ！　下がれ！

栗原、近づく兵士達に、威嚇の意味で一発、撃つ。
兵士達、思わず下がる。

栗原　いいのか!?　鈴子が死んでいいのか！

大江　（兵士に）撃たないで下さい！　みなさん、撃たないで！
栗原　はやく、車を用意しろ！　玄関前につけろ！
大江　馬場司令！　お願いです！　言う通りにして下さい。日本軍に撃たれたらダメなんです！
馬場　くそう……。

兵士が一人、馬場に近づく。

馬場　（耳打ちを聞いて）車は玄関前にある。日本軍のジープだ。
栗原　玄関を開けろ！

兵士が一人、玄関ドアを開けるマイム。
栗原、玄関前を覗く姿。

馬場　見えるか？

と、玄関から、完全にイッた状態の水沢が楽しいステップで入って来る。

水沢　ドンドコドコドコ、ドンドコドコドコ、がおーがおーがおー！　シナモンロール、マンゴープリン、ロールケーキにモンブラン！　ミルフィーユに雪見だいふく、白熊、八橋、ビスコに赤福。あー、赤福！　赤福！　もう食えねー！　お腹一杯！　幸せ一杯！　ウンコぶりぶり、また食える！　ドンドコドコドコ、ドンドコドコドコ、がおーがおーがおー！

と、叫び、踊りながら通り過ぎる。

全員　……。
馬場　なんなんだ！　水沢！

全員が水沢を見つめている瞬間、兵士が一人、栗原にタックルする。
倒れる栗原。
鈴子はよろめく。
別の兵士が倒れた栗原に向かって、銃を向ける。
その瞬間、津島、それに気付き、栗原に覆い被さる。

津島　作戦終了！　栗原、確保！

栗原に集まる兵士と鈴子に近づく大江。
そして馬場は水沢を追いかける。
肥後は、栗原の写真を撮ったあと、水沢を追いかける。

馬場　水沢！　どこだ!?　水沢！

暗転。

26　屋上　給水タンクの上

長谷川が水沢の手を引いて、客席から登場。
長谷川は、水沢のホオを叩く。

長谷川　しっかりしろ！　イッてる場合じゃないぞ！
水沢　（まだイッてる）あー、役立たずの生きていてもしょうがない長谷川さんだあ。
長谷川　余計なこと言ってるぞ。死にたくないんだろ。さ、山に帰れ。
水沢　ここはどこ？
長谷川　屋上の給水タンクの上だよ。
水沢　どこの屋上？
長谷川　基地のビルに決まってるだろう。さあ、こっそり案内してやるから、山に帰れ！

水沢　すっごく気持ちいいの。（長谷川の顔を見て）あー、顔にアンコついてるよ。

長谷川　アンコなんかついてないよ。お前、ずっとパンガンダケ、食ってるんだろ。

水沢　だって、気持ちいいんだもん。

長谷川　食べ過ぎだよ。

水沢　だって、体に害はないんでしょう？

長谷川　貴重なんだよ。高く売れるんだから。

水沢　細かいことは気にしないの。あー、鼻の頭に生クリームついてる。

長谷川　ついてないよ。さあ、見つからないうちに山に帰れ。ついてこい。

水沢　あー、背中がホットケーキ！

と、背中に覆い被さる。

長谷川　どんな背中だよ！

水沢　あー、ほっぺが赤福！

と、水沢、長谷川の頰をなめる。

長谷川　こら、やめろ！

水沢　あー、おいしいー！　食べちゃいたい！

水沢、長谷川の頰をなめ続ける。

長谷川　やめろって！　キノコのバカ力か！　やめろ！

水沢　食べちゃおう。いただきまーす！

水沢、長谷川に覆い被さる。

暗転。

長谷川（声）　なんで暗転なんだよ！　明かりをつけろー！

水沢（声）　（色っぽい溜め息）

長谷川（声）　俺を食べるなー！

27　記者会見場と倉庫

光の中に喋っている馬場が浮かび上がる。
記者の姿は見えない。

馬場　水沢陸士は、テロリスト達に拉致され、激しい拷問を受けたと思われます。その結果、精神が崩壊し、報道されたような状態になったのです。何も食べ物を与えられず拷問され続けた結果、飢餓に苦しめられ、食べ物の名前を口走るようになったと考えられます。

肥後（声）水沢陸士は今、どこにいるんですか？

馬場　それが、錯乱状態のまま、行方不明になりました。我々は水沢陸士の身を非常に心配しています。再び、売国奴テロリストに捕まったら、今度こそ、完全に精神は破壊されると思われます。

記者（声）　鈴子様の状態はいかがですか？

馬場　かなりショックを受けられております。日本軍としては、一刻も早く皇居に安全にお戻りになられることを願っています。

馬場の姿、見えなくなる。
別空間に、鈴子と大江が現われる。
そこは倉庫。
鈴子は、いらいらと歩いている。
と、肥後が顔を出す。

肥後　なんだ、元気そうじゃないですか？

鈴子　どういう意味ですか？

肥後　いいえ、銃を突きつけられたショックで寝込んでいるっていう噂ですよ。

鈴子　私はそんなにヤワではありません。

肥後　で、どうするつもりなんですか？

鈴子　……。

肥後　やっと、同じ土俵に立てると思ったんですが。

鈴子　土俵？

肥後　この戦争で血を流した皇族は誰もいないでしょう。最初の皇族になれたのに。
大江　血を流せというのですか？
肥後　そうです。鈴子様。血を流さないと説得力はありませんよ。絶対に傷つかない安全地帯にいては、何を言っても人は聞きません。
鈴子　誰が安全地帯にいるんですか？
肥後　鈴子様ですよ。誰が見ても、完全な安全地帯じゃないですか。
鈴子　私は生まれて一度も安全地帯にいたことはありません。
大江　鈴子様。
肥後　冗談はやめて下さい。
鈴子　私は生まれてからずっと「お前ではダメだ」とささやかれてきました。私の行動や能力とは関係なく、ただ私が女であるという理由で私は親族や赤の他人からダメだと断定されました。私は生まれながらにして、いてもいなくてもよい存在で、幼い従兄弟の長男は生まれながらにして欠くべからざる存在になりました。男を産めなかった母は精神を壊し、男を産んで役割を終えたと言われた祖母は声を失いました。私は生まれながらにして、自分の存在理由を失っています。私のどこに絶対傷つかない安全地帯がありますか？

大江　鈴子様。（肥後に）鈴子様は、混乱しているのです。今の発言、絶対に記事にしてはいけませんよ。

肥後　どうしてです？　そう思っているんだったら、発表したらいいじゃないですか。

大江　そんなことできるわけないでしょう！

鈴子　私は血を流します。

肥後・大江　えっ。

鈴子　私は水沢陸士を探しにいきます。

肥後　どこへです？

鈴子　中村地区を順番に回ります。きっと、水沢陸士はどこかにいるはずです。

肥後　戦場ですよ。

鈴子　私は血を流してでも、水沢陸士を見つけたいのです。

肥後　記事にしますよ。

鈴子　どうぞ。

大江　ダメです！

肥後　いいんですね。

鈴子　私に安全地帯はありません。皇居も戦場も同じことです。

肥後　ビッグニュースですよ！　国民は、大注目間違いなしです！

肥後、飛び出る。

大江　肥後さん！　……いいんですか？

鈴子　いいんです。

大江、いきなり鈴子をハグする。

鈴子　！　……大江さん。

大江　……おいたわしい。おいたわしや、鈴子様。

鈴子　……。

大江　鈴子様のお気持ち、ようく分かります。お可哀相に……。

鈴子　大江さん……。

鈴子、大江のハグに応え、お互いがハグし合う。

大江　決して一人では行かせませんから。鈴子様の無念、大江の胸にも突き刺さります。

鈴子　大江さん、ありがとう。

大江、ハグをゆるめ、鈴子を見つめる。
そして、ゆっくりとキスをしようとする。

鈴子　！

鈴子、だんだんと大江の唇が近づくことに戸惑う。
が、戸惑ったまま、唇のキスを受ける。
驚いたままの鈴子。

鈴子　（キスしたまま）大江さん……。

と、大江、そのまま、ディープキスを始めようとする。
あきらかに、大江の舌が鈴子の口の中に入ろうとしている感じ。
鈴子、今度は、必死で抵抗する。

大江　大丈夫、大丈夫。

大江、抵抗する鈴子を押さえて、濃厚なキス。

大江、鈴子から離れる。

鈴子　……。
大江　失礼いたしました。
鈴子　（驚き戸惑い）……大江さん。
大江　鈴子様。効果的に血を流しましょう。重傷にならず、国民が感動する派手な流血。
鈴子　えっ？
大江　そうすれば、鈴子様の言葉はさらに説得力を持つことができます。
鈴子　インチキをするということですか？
大江　違います。これが政治です。水沢陸士を探しに出た鈴子様が、撃たれて血を流せば、日本を揺るがすニュースになります。鈴子様は、国民を動かす言葉を獲得できるのです。
鈴子　効果的に血を流すって……
大江　大丈夫です。私に任せて下さい。それが女官の仕事です。
鈴子　大江さん。
大江　至急、準備します。失礼します。

大江、去る。
その瞬間、鈴子、思わず、唇に手を当てる。
愕然とした顔。
暗転。

28　津島のアパート

明かりつくと、栗原、部屋の本棚をなんとなく見ている。
奥から、津島の声。

津島（声）　ごめんね。散らかっちゃって。
栗原　全然、綺麗です。

津島、２リットルのペットボトルとコップ２つを持って登場。

栗原　津島先輩。ファンタジー小説が好きなんですか？
津島　えっ？　ああ、そうなんだ。夏菜ちゃん、興味ある？
栗原　いえ、お勧めとかありますか？

津島　一杯、あるよ。どんなのがいい？　魔法とか、神話とか、王国とか、

栗原　王国ですか……そう言えば、津島先輩、今日、鈴子様、キャンパスで見ましたよ。

津島　鈴子様？

栗原　ほら。天皇陛下の娘さん。サークルの交流会でうちの大学に来てたんです。

津島　へえ。

栗原　でも、ＳＰっていうんですか、警備の人がものすごい人数で、ずっと傍にいて、見ててなんだか可哀相でした。

津島　そうなんだ。

栗原　鈴子様って私と同い年なんですよね。

津島　キャンパスに天皇陛下の娘さんか……

栗原　あ、津島先輩、もう想像し始めてるでしょう。ほんとに空想が大好きなんですね。

津島　えっ？　なんで知ってるの？

栗原　サークルで有名でしたよ。津島先輩の想像力。「今度、みんなでバーベキューやろう」って誰かが言っただけで、もう、いろんなこと想像して笑ったり怒ったりしてたって。

津島　だめなんだよね。想像して、それで終わっちゃうって言うか、満足しちゃうんだよね。
栗原　楽しいじゃないですか。
津島　ダメだよ。想像をちゃんと現実にしないとダメなんだよ。
栗原　現実にするって？
津島　いや、だから、つまり、（真剣な表情に変わって）夏菜ちゃん！
栗原　（驚いて）はい。
津島　夏菜ちゃんとのことも、現実にしないといけない。
栗原　えっ？

津島、少し、栗原に近づく。

栗原　（焦って）何を現実にするんですか？　ハードな想像はダメですよ。あたし、そういうの慣れてないですから
津島　（さらに近づく）
栗原　（さらに焦って）ダメですって！　私、ほんとに慣れてないんですから。ハードは無理です。いえ、何がハードかってのは、人によって違うでしょうけど、

津島　夏菜ちゃん。
栗原　はい。なんでしょう。
津島　それ以上、しゃべり続けたら、その口、僕の口でふさぐよ。
栗原　キモ。
津島　えっ？　キモい？
栗原　はい。
津島　（焦って）だよねー。そうだよねー。いや、ネットで、こう言えばキスできるって書いてあったからさ、いや、俺もおかしいって思ったんだよ、でも、想像だけはどんどん膨らんでさ、

栗原、津島をハグする。
津島、驚いて固まる。

栗原　津島先輩。
津島　はい。
栗原　最低です。
津島　すみません。
栗原　男としてダメです。

津島　申し訳ない。
栗原　はやく口をふさいでくれないと、もっと悪口を言っちゃいます。
津島　えっ……

二人、見つめ合う。
そして、ゆっくりとキスする。
と、馬場と兵士達が現れ、無言で栗原と津島を引き剝がし、津島を連れていく。

津島　おい！　やめろ！　何するんだよ！　やめろよ！　夏菜！

が、津島は抵抗することができない。残りの兵隊は、栗原の服を脱がす。
新日本軍の汚れた服が現れる。

栗原　なにするの!?

が、栗原、抵抗できない。

栗原　やめて！　修一！

栗原、そのまま、後ろでに縛られ、椅子に座らされる。
一人の兵士が栗原の顔面を殴る。
そのたびに、女性兵士が栗原の顔に赤い色を指でつけていく。
殴っている兵士の横で、馬場が叫ぶ。

馬場　全国だ！　全国のアジトを吐け！　殺すぞ！

日本軍の格好をした津島が、走り込んでくる。

津島　馬場准尉、取調べは私が。
馬場　よし、津島。お前、殴れ。
津島　はっ……。
馬場　殴れ！
津島　はい。

津島、殴っていた兵士と場所を代わる。

口の周りに、赤い線を何条も描かれた栗原、津島を見つめる。

栗原　……。

津島、大声を上げて栗原を殴る。

馬場　もっとだ！

続けて、大声を上げながら殴る津島。
それを見ている馬場。
次の瞬間、栗原に明かりが集まる。
新日本軍の長谷川一佐が現れる。

長谷哲　もし、捕まったら、24時間は黙秘しろ。その間に我々はベースを移す。
その後は、自決してよろしい。

栗原　私は自殺しません。絶対に逃げます。

長谷哲　「生きて虜囚《りょしゅう》の辱《はずかし》めをうけず」という言葉を知っているか？

栗原　意外です。長谷川一佐がそんなことをおっしゃるなんて。その言葉は、

長谷哲　旧日本軍の愚かさの象徴ですよ。

栗原　人間は弱いものだよ。必ず自白する。特に女性はな。

馬場　（深く絶望して）新日本軍でそんな言葉を聞くとは思いませんでした。津島！　もっとだ！

長谷川一佐、消える。

殴り続ける津島。

殴られる栗原。

それを見ている馬場と兵士達。

暗転。

29　廊下の片隅

肥後と大江が登場。

肥後　本気で言ってるのか？
大江　こんなこと冗談ではお願いできません。
肥後　どうして？
大江　肥後さん、新日本軍のスパイでしょう？
肥後　何言い出すんだよ！
大江　とぼけないで下さいよ。最近、日本軍の作戦が漏れているそうじゃないですか。
肥後　……俺はスパイじゃない。戦いを盛り上げたいから、弱い方を応援してるだけだ。
大江　盛り上げる？

肥後　この国は、一度、徹底的に壊さないと生まれ変われないんだ。

大江　生れ変わる？

肥後　『21世紀の資本』を書いたトマス・ピケティを知ってるか。ピケティはこう言ってる。「資本主義社会では、大戦争以外で社会的格差が本格的に縮まることはない」。

大江　……それだけの理由で、戦争を盛り上げるの？

肥後　それだけ？　あんたやっぱりエリートだな。泥沼みたいな底辺の苦しみを知らないだろう。

大江　……狂ってる。

肥後　あんたもだろう。

大江　えっ？

肥後　俺にそんなことを依頼するんだ。立派に狂ってるよ。

大江　鈴子様は密かに日本軍を応援しています。水沢陸士にこだわるのも、自爆攻撃などという汚点を日本軍に付けたくないからです。じつは陛下は、鈴子様を溺愛なさっています。鈴子様は陛下に新日本軍攻撃のお言葉を依頼し続けています。もうすぐ、陛下は説得されて、新日本軍は賊軍となるでしょう。

肥後　信じられない。

大江　どちらの側につくか、ずっと迷われていた陛下の背中を鈴子様の熱意が押したのです。結果、新日本軍は敗北し、この戦争は終わります。そうなる前に、どうか、鈴子様を殺して下さい。

肥後　本気で言っているのか？

大江　私は新日本軍を応援しています。宮内庁という日本の世間の固まりのような場所で、どれほど私が苦しめられたか、あなたには想像がつかないでしょう。

肥後　……。

大江　市街地で水沢陸士が目撃されたという情報を下さい。私が鈴子様を連れ出します。鈴子様には、腕とか足とかを撃たれると伝えます。新日本軍の優秀なスナイパーをお願いします。頭を一発で。苦痛は一瞬で。頼みますよ。

大江、去る。

肥後、一瞬、残され去る。

30　屋上　給水タンクの上

長谷川が出てくる。
続いて水沢。

長谷川　もういいだろう。さあ、見つかる前に、山に帰れ。
水沢　長谷川さん、パンガンダケ、ちょうだい。
長谷川　お前のは？　たくさん持ってただろう？
水沢　水、飲もうとして、落っことしちゃったの。
長谷川　落した！　どこに!?
水沢　給水タンクの中。
長谷川　給水タンクの中！　なんで!?
水沢　給水タンクのフタ開けてさ、水飲もうとしたら、バッグとポケットから

長谷川　ボロボロボロッて全部、落ちたの。
水沢　拾えよ！
長谷川　だって、給水タンクって深いし、暗いし、梯子《はしご》もないし。
水沢　もう、お前、山に帰れ。
長谷川　山に一人で帰ったら、パンガンダケ、全部、食べちゃうよ。
水沢　それはダメだよ。
長谷川　私、ここ、気に入ったし。
水沢　屋上なんていずれバレるよ。
長谷川　バレてないもん。ね、ちょうだい。
水沢　もうないよ。
長谷川　そうやって、値段を釣り上げるんでしょう。しょうがないわ。私の体で払うから。高いわよ。
水沢　絞め殺した上に炭火で焼くぞ。
長谷川　照れなくていいから。

水沢、服のボタンを外し始める。
長谷川、外したボタンを丁寧にかけ直す。
と、別空間に肥後。

電話をしている。

肥後　すみません。肥後です。

新日本軍の兵士が出る。

兵士　はい。なんでしょう？

肥後　長谷川司令をお願いします。

兵士　長谷川司令は今、（水沢のボタンをかけ直している長谷川を見て）席を外しています。

肥後　至急話したいんです。緊急事態です。

兵士　分かりました。少々お待ち下さい。（別空間にいる長谷川に）長谷川司令、お電話です。

長谷川　えっ？　……ちょっと待ってね。

水沢　どこに行くの？

長谷川「ちょっとね」などと言いながら、慌てて、肩章を付け、バンダナ（か、メガネかヒゲを付け、または髪形を直して）そのまま、空間を渡り、長谷哲になって電話に出る。

長谷哲　長谷川だ。すまん、演技上の手続きで時間がかかった。

肥後　えっ？

長谷哲　いや、なんでもない。気にしないでくれ。

この間に、水沢は長谷川が置いて行ったバッグの中を見る。そして、パンガンダケを見つけて、すぐに食べる。

肥後　鈴子の本当の狙いが分かりました。

長谷哲　何!?　それはなんだ？

肥後　優秀なスナイパーが一人、必要です。

長谷哲　優秀なスナイパー。どういうことだ？

肥後　じつは……

水沢、いきなり陽気になり、そのまま、空間をぶち破って、長谷哲の傍に来る。

水沢　みーつっけたっ！

長谷哲　おい！　演劇のルールを守れよ！

水沢　好き。

水沢、いきなり、長谷哲を二人が元いた場所に放り投げる。

水沢　大好きー！

長谷哲は、一瞬で長谷川に変わる。
そのまま、水沢、倒れた長谷川の上に覆い被さる。
暗転。

長谷川（声）　だから暗転はやめろー！

水沢　（色っぽい声）

長谷川（声）　（快楽に負けた声）

肥後（声）　もしもし。長谷川司令？　聞いてます？

長谷川（声）　（あえぎながら）シーン31、尋問室に続くぁー！

31　尋問室

栗原を殴っている津島。
それを見ている馬場、兵士。

馬場　しぶとい女だな。
兵士　死ぬつもりなんじゃないでしょうか。
津島　！
馬場　まあ、そうだろ。狂信的なテロリストだからな。津島、もっと殴れ！
津島　はい。

女兵士2が入ってくる。

女兵士2　馬場司令。高峰陸将からの命令です。（と、紙を一枚、渡す）
馬場　（受け取りながら）高峰陸将から……（読んで、栗原を見て）運のいい奴だな。

津島、殴るのをやめる。

津島　なんですか？
馬場　後方への移送命令だ。
津島　移送命令？　どういうことです？
馬場　後方でじっくり拷問するつもりだ。なにせ、情報の宝庫だからな。絶対に殺すなという命令だ。
津島　そうですか。
馬場　まあ、全部吐いたら、どっちみち殺されるだろうがな。よし、津島、もういいぞ。昼食後、移送手続きを開始する。
兵士・女兵士2　はい！

馬場、女兵士2、去る。
残される津島とぐったりした栗原。

津島、自分の拳を触る。

兵士　津島陸曹。昼食です。

津島　ああ……。

津島、去る。

兵士、続く。

暗転。

32　市街地

歩いている鈴子と大江。
後ろから、ビデオカメラで狙っている肥後。

鈴子　水沢陸士ー！　鈴子です！　どこですかー？　顔を出して下さーい！
一緒に中村基地に帰りましょうー！　水沢陸士ー！
大江　（肥後に）肥後さん、ちゃんと撮ってますか？
肥後　撮ってるよ！
大江　鈴子様に何が起こるか、きっちり撮って下さいよ！
肥後　分かってるよ！
鈴子　水沢陸士ー！　どこですかー！（肥後に）この辺りで目撃されたんです
ね？

肥後　はい。ついさっきの情報です。
鈴子　そうですか。
大江　鈴子様。もう少し、進んでみましょうか？
鈴子　そうですね。

鈴子、進む。と、ガレキに足をとられて、よろける。
その時、銃声。
銃弾、鈴子の顔をかすめる。
そのまま、鈴子、地面に伏せる。（または、壁に隠れる）
肥後は離れた所でビデオを回している。
大江、思わず、近づき、

大江　鈴子様！
鈴子　（伏せたまま、または隠れたまま）大江さん。
大江　なんですか？
鈴子　今、銃弾は私の顔をかすめました。

鈴子の頬に一筋、血が走っている。

大江　そうですか？

鈴子　そうですよ。頭なんか撃たれたら、私、即死です。

大江　いやあ、腕じゃなかったですか？

鈴子、腕を突き出して、そして下ろす。

続いて、顔をすっと突き出す。（または上げる）

銃声。

慌てて引っ込む、鈴子。

鈴子　頭を狙ってます！

大江　まあ。

鈴子　戻りましょう！

大江　いえ、進みましょう。

鈴子　大江さん？

大江、鈴子の腕を取り、

大江　鈴子様。鈴子様の怒りは、ただ御自分の個人的恨みですか？　それとも、

鈴子　この国を変えたいという崇高な怒りですか？

大江　えっ？

肥後　この国に一刻も早く平和をもたらすのは陛下のお仕事です。ですが、リベラルな陛下は新日本軍に肩入れなさっています。

鈴子　本当なのか!?

大江　大江さん、何を言うんですか！

応援しなければいけないのは、圧倒的に有利な日本軍です。日本軍は、皇室に対しても深い理解と尊敬を持っています。けれど、陛下は何度申し上げてもお分かりにならないのです！

鈴子は大江から離れようとし、大江は鈴子の腕をつかんで離そうとしない。

大江　新日本軍の裏には、中国を刺激したくないアメリカがいます。このままだとこの戦争はあと十年は続きます。ですが、新日本軍が鈴子様を傷つければ、陛下も国民も激怒し、新日本軍は国民の敵になるのです。陛下は間違いなく、新日本軍に対する怒りを口になさるでしょう。そうすれば、この国はひとつになり、戦争はすぐに終わるのです！

鈴子、大江から離れるが、大江、すぐに追いつき、腕を取る。

鈴子　大江さん、何を言うんですか！

大江　鈴子様、今です。今、鈴子様は佳子様を越えて、日本中から注目されています。

鈴子　大江さん。

大江　鈴子様。死んで下さい。

大江、鈴子を抱きしめ、スナイパーに差し出すような形。

銃声。

鈴子、間一髪で避ける。（壁の死角に倒れ込むか、低く伏せるか）

鈴子　大江さん、本気ですか!?

大江　本気です。考えに考え抜いた、この国をひとつにする唯一の方法です。

肥後　あんた、俺をだましたのか！

大江　鈴子様が新日本軍に殺されることが、この国を救う唯一の方法なのです！

肥後　俺がこのビデオを公開したら、お前の計画はすべて終わるんだぞ！

大江　エリートの仲間に入りたいんでしょう！　そのビデオをうまく編集してくれたら、どこのテレビ局でも新聞社でも入れてあげるわよ！
肥後　え……。
大江　鈴子様。死んで下さい。それが、鈴子様が皇族に生まれた意味です。
鈴子　皇族に生まれた意味……。死ぬことが私の生まれた意味ですか!?
大江　そうです。それが自殺なさったお母さまの無念を晴らす唯一の道です。
肥後　自殺!?　ガンじゃなかったのか！
大江　さあ、新日本軍に撃たれて下さい。私も結果を見届ければ、あとから必ず行きます。鈴子様だけを死なせはしません！

大江、鈴子を引っ張りだし、スナイパーに差し出す動き。
銃声。
鈴子、また、間一髪、死角に戻る。（または伏せる）

鈴子　大江さん。あなたは私の怒りを誤解しています。私の怒りは、女性皇族に、生まれた意味がないことではありません！
大江　ではなんです!?
鈴子　私の怒りは、私が天皇になれないことです。

大江・肥後　えっ？
鈴子　私は皇室で初めての女系天皇になります！
　　　鈴子、思わず、身を乗り出す。
　　　銃声。
　　　鈴子、身をかわす。
大江　女系天皇……。
鈴子　私は陛下の娘です。ですから、私はイギリスの王室のように、天皇になります。そして、この国の永遠の平和を祈ります！
大江　鈴子様。それは無理です。
鈴子　それが私の怒りです！
　　　鈴子、また、身を乗り出す。
　　　銃声。
　　　鈴子、避ける。
肥後　すげえ！　あんたすげえよ！　言ってることがムチャクチャだ！

大江　鈴子様。天皇制とは、事実ではありません。日本国民の想像力の結果です。
鈴子　分かっています！
大江　だったら！　その野望は、国民の想像力を殺し、天皇制を揺るがします。さあ、死んで、日本国民の想像力を極限まで高めて下さい！
鈴子　私は死にません！

大江、鈴子を抱きしめる。

大江　鈴子様！　それでは、一緒に死にましょう！　私もお供いたします。ここで、私と一緒に新日本軍に撃たれましょう！
鈴子　大江さん！
大江　一緒に死にましょう！

鈴子、大江のハグを振りほどこうとして動く。
その瞬間、銃声。
二人の動き、止まる。
大江、ずるりと崩れ落ちる。

鈴子　大江さん！

鈴子、倒れた大江に近づこうとする。銃声。

鈴子　大江さん！

大江、反応しない。
鈴子、あきらめて走り去る。
肥後、大江に駆け寄る。

肥後　大丈夫か!?

大江、ゆっくりとお尻を押さえて立ち上がり、

大江　痛い！　お尻、撃たれた！　鈴子様！

と、大江、お尻に手を当てる。
そして、「?」という顔でアイフォンを取り出す。

なんと、アイフォンに銃弾が刺さって止まっていた。

大江　（それを見て）ああ、アイフォンの十六八重表菊が、弾を受け止めてくれている！　これぞ、万世一系の皇室パワー！

と言いながら、走り去る。

肥後、追いかける。

肥後　すげえ！　あんたもすげえよ！　すごいパワーだよ！

肥後、去る。

33　尋問室

椅子にぐったりと座っている栗原が見えてくる。
馬場と津島、兵士1が出てくる。
馬場、飲んでいたコップの水を、栗原の顔にかける。
栗原、気がつく。

馬場　起きろ。（兵士1に）連れていけ。

兵士1　はい。

兵士1、栗原を立たせる。

津島　馬場准尉。

馬場　なんだ？
津島　今までありがとうございました。
馬場　えっ？

その瞬間、津島、兵士1と馬場を殴り倒す。
そして、栗原の手を引く。

栗原　！
津島　逃げよう！

走り去る津島と栗原。
兵士1と馬場は起き上がる。

馬場　津島！
兵士1　待て！

馬場と兵士1、慌てて追いかける。
別空間に完全にイッた水沢が出てくる。給水タンクの上から下を見下ろ

して、

水沢　あー！　あの走ってる人、鈴子だ！　鈴子ー！　おーい鈴子！　そんなに急いで、どーしたんだーい？　おーい！

別空間を走っている津島と栗原。
（水沢、見えなくなる）

栗原　どうして!?
津島　こっちだ！

走っている正面に兵士が出てくる。
津島と栗原、急いで引き返す。
追いかける兵士達。

兵士　待てー！

別空間に馬場。

馬場　津島が裏切った！　スパイはあいつだったんだ！　玄関も窓も裏口も全部固めろー！

別空間に津島と栗原。
また、走っている正面に兵士。
津島と栗原、別方向に行く。

兵士　待て！
兵士　逃がすな！
兵士　とまれ！

馬場が別空間に現れる。

馬場　絶対に基地から出すなよ！　一部屋づつ、しらみ潰しに調べろ！

34　屋上

飛び出てくる津島と栗原。

栗原　！　ここは……

津島　屋上だ。

栗原　どうして……

津島　ごめんな。

栗原　えっ？

津島　痛かっただろう。

ドアが乱暴に開けられる音。

兵士達（兵士１・２・３、女兵士１・２）が飛び出して来る。

兵士2　いたぞー！

兵士達、銃を構えて津島と栗原を取り囲む。
津島、動こうとした瞬間、兵士、津島を撃つ。
津島、肩に当たって、倒れる。

栗原　修一！

兵士2が栗原を狙う。

兵士1　殺すな！　命令だ！

その瞬間、栗原、兵士2に蹴り。
そのまま、銃を奪い、兵士2人を倒す。
他の兵士達も殴り、蹴り、そして、一人の兵士に銃を突きつける。
緊張する屋上。
別空間に馬場。

馬場　屋上だ！　全員、屋上へ急げ！　……おい、どうした？　どうしたんだ!?　お前達、どうしたんだ！

馬場、消える。
睨み合っている栗原と兵士達。

兵士1　応援はまだか!?
女兵士2　はっ。それが……。

兵士、栗原に殴り掛かる。
再び、戦いが始まる。
しばらく、栗原のアクション。
が、多勢に無勢。栗原、取り囲まれ、銃をつきつけられる。
もうダメかと思われた瞬間、イッてる長谷川が登場。

長谷川　水沢ー！　おーい、水沢ー！　お前、給水タンクにキノコなんか落したから、みんなイッちゃったぞー！

イッてる水沢、出てくる。

水沢　えー？　どういうことー？

長谷川、銃を構えている兵隊達に、

長谷川　みなさーん！　人殺しは楽しいですかあー？　お昼ご飯に使ったお水には、幸せのキノコのダシが入ってました一！　楽しいことを想像したら、うんと楽しくなりますよー！

水沢　なんてハッピーなのー！

長谷川　こいつが入れたんですよー！

水沢　わざとじゃないんですよー！　偶然、なんですー！

長谷川　さあ、みなさーん！　楽しいことを考えましょう！　人殺しは楽しいですかー？（兵士1に）君の楽しいことはなにかなー！

兵士1　えっ、俺!?　俺は……

水沢　あなたの楽しいことはなにー？

兵士3　僕？

女兵士1　私？

長谷川　（女兵士2に）君はなにが楽しいのかなー？

女兵士2　えっ。

長谷川　さあ、魂のささやきに耳を澄まそう！　楽しいことは何だ？　食い物か？　恋か？　昼寝か？（兵士1に）君は何が楽しい？

兵士1　一晩中、遊び続けたい！

水沢　（歓声）

長谷川　君は？

女兵士2　金持ちになりたい！

水沢　（応援の声）

長谷川　君は？

兵士2　一日中、アニメが見たい！

水沢　（残念な声）

長谷川　君は？

兵士3　世界中を旅したい！

水沢　（興奮した声）

長谷川　君は？

女兵士1　美味しいものをもう一度石井陸士と食べたい！

水沢　（泣けるなあという声）

長谷川　いいぞー！　想像力を加速して、欲望を限界まで解放しなさい！
水沢　パンガンダケ、さいこー！

兵士たち、楽しい世界を想像して、口々に語り始める。
津島と栗原は、この騒ぎの間にこっそり屋上を抜け出そうとする。
と、イッている長谷川と水沢が「まあまあ」と引き止めて、楽しく遊ぼうとする。
津島と栗原、やがて、だんだんと楽しい気持ちになる。
そして、想像の世界に突入する。

津島　夏菜、この部屋、いいんじゃない？
栗原　えー、ちょっと高いよ。この部屋は？
津島　ベランダはあった方がいいよ。花とか野菜とか育てようぜ！
栗原　それはいいけどさ。高いよー。

津島と栗原、想像の会話を続ける。
鈴子が屋上に現れる。
鈴子、屋上の混沌を見て、後ずさりする。

イッてる長谷川と水沢、素早く、鈴子を捕まえる。

水沢　おー、鈴子！

長谷川　いらっしゃーい！

鈴子と遊び始める。

鈴子、だんだんと楽しい気持ちになり、想像の世界に突入する。

鈴子　一人で街を歩きたーい！　好きな人を好きになりたい！　エッチしたい！　自分のことを好きになりたい！　日本人をやめたい！

大江が飛び込んで来る。

鈴子に話しかけようとした瞬間、想像の世界に突入する。

続いて、肥後が飛び込んで来る。

屋上の混沌を撮っているうちに、想像の世界に突入する。

大混乱になる屋上。

それぞれが、自分の想像の世界の中で遊んでいる。

長谷川・水沢　パンガンダケ、最高！　音楽！

混沌のダンスが始まる。
屋上の祝祭。
ひとしきり踊った瞬間、銃声。
全員の動き、止まる。
馬場が拳銃を持って立っている。

馬場　馬鹿者達が。
長谷川　あれー、馬場さん、イッてないの？　水にパンガンダケ、溶けてたんだよ。
馬場　水に溶けたぐらいでイクか！　俺は毎日、生で食ってるんだ。すっかり、体に耐性ができてるよ。（栗原に）ふざけやがって。

と、拳銃を突きつける。
と、水沢、落ちている拳銃を拾って、さっと栗原に渡す。

水沢　はい。プレゼント。

女達　やさしー！
男達　思いやり、さいこー！

栗原、拳銃を持ち、馬場も持って睨み合う。

津島が栗原をかばおうとするが、栗原、津島に「大丈夫。私がやる」と示す。

他の人間達、その風景に盛り上がる。


全員（栗原・津島・馬場以外）　アクションシーン、アクションシーン！

馬場　うるさい！　お前達、屋上から出て行け！

全員（栗原・津島・馬場以外）　アクションシーン、アクションシーン！


栗原・津島・馬場を除く全員、「アクションシーン」と連呼しながら、アクションの邪魔にならない場所に下がる。

そして、栗原と馬場のアクションが始まる。

栗原と馬場の拳銃を持ったアクション。

やがて、馬場、栗原を殴り倒す。

栗原に銃を突きつけ、

馬場　逃げたんだ。殺されてもしかたないよなあ。

引き金を引く瞬間、津島が飛び出す。
撃たれる津島。
栗原、馬場に反撃し、倒す。
栗原、馬場に銃をつきつける。

長谷川　勝負あった！

長谷川、飛び出る。

長谷川　（栗原に）あんたの勝ち！

アクションシーンをじっと見ていた全員、拍手や歓声と共に飛び出る。

長谷川　（馬場に）さあ、馬場さんも楽しいこと、考えましょう！　イカないなら、ちょっとだけ、生であげましょうか？

水沢　あー、いいなー！

馬場、兵隊が置いた銃をさっと拾い、

馬場　うるさい！　この世界に楽しいことなんかあるもんかー！　俺は本当はパンガンダケなんか大嫌いなんだー!!

叫びながら、銃を乱射する。

長谷川や水沢、鈴子、大江、肥後、兵隊たちがバタバタと全員倒れていく。

馬場、鈴子も撃つ。倒れる鈴子。

思わず伏せていた津島、叫んで立ち上がる。

津島　馬場！

馬場、津島を撃つ。

同じく伏せていた栗原、馬場を撃つ。倒れる馬場。

栗原、津島に駆け寄る。

栗原　修一！　修一！

津島、ゆっくり起き上がる。

栗原　修一！

津島　……違う。

栗原　えっ？

津島　俺は何度撃たれてもケガひとつしてない。やっと分かった。これは、俺の想像だ。

栗原　想像……。

津島　俺はまた、現実を忘れて想像に逃げたんだ。この屋上は俺の想像力の結果だ。

長谷川　（倒れたまま妙に陽気に）お昼ご飯にキノコダシー！　馬場には効かないキノコ汁ー！

津島　たぶん、今、俺の耳元で長谷川が踊ってるんだ。だから、俺はこのカラクリを知ったんだ。

栗原　そんな……

津島　夏菜、俺は何も変わってない。目の前の全ては、ただ、現実から逃げた、俺の想像なんだ！

その瞬間、音楽。

倒れていた人達、ゆっくりと起き上がり、そして、栗原を残して消えていく。

栗原　私も消えるの？

津島　ああ。今は昼食を取った直後なんだ。僕はまだ何もしていない。ただ楽しいことを想像しているだけだ。

栗原　楽しいこと？

津島　君を救い出し、君と一緒に走ること。

栗原　それから？

津島　屋上で君と一緒に撃たれて死ぬ。

栗原　うん。

津島　でも、本当は屋上を越えて、走って走って、どこかへ行きたかった。

栗原　どこかって？

津島　どこか。日本軍も新日本軍もいないどこか。

栗原　そんな所があるの？

津島　分からない。

栗原　じゃあ、果てまで連れてって。

津島　世界の果て？　そんな所嫌だって昔、
栗原　ううん。「世間の果て」まで。
津島　えっ？
栗原　世間の果てまで連れてって。
津島　……分かった。俺は現実に戻る。
栗原　待ってる。

栗原、静かに去る。
津島、頬をぴしゃぴしゃと叩く。

津島　目覚めろ、俺。

暗転。

完

あとがき　または上演の手引き

『イントレランスの祭』は、登場人物の所で書いたように、最低9人で上演できます。『虚構の劇団』版では、9人以外の登場人物は、すべて、（声）だけの処理で上演しました。

佐渡が路上で声をかける相手は、声だけが聞こえて姿は見えません。佐渡は相手がいるかのように演じるのです。それで問題はないと思います。

ただ、2016年版をやってみて実感しましたが、いるならばいた方が素敵です。ジャパレンジャーが追いかける杉田義雄さんも、虚構版では存在しないまま、マイムでやりました。2016年版では、実際に追い込みました。リアル感というか、ひりひりした感じは、もちろん、人がいた方がいいんだなと感じました。

ジャパレンジャーが友愛協会前で演説するシーンも、清水隊長と大石以外に、何人もいた方が迫力が出ます。その抗議グループに一人で飛び込むツバルトキアンの勇気と無謀さも際立ちます。が、繰り返しますが、それを全部、声だけで処理することも可能です。見せたいのは、9人の存在だと割り切れば、全然、問題ありません。

佐渡に関する描写も、虚構版では「人間かゴリラか分かんない奴」とか「ゴリラみたいな男」としました。これは、虚構の劇団で佐渡を演じた渡辺芳博がゴリラみたいな顔をしていたからです。わはははは。

ネットワーク版では、風間俊介さんが演じてくれたので「子供か大人か分かんない、ニヤけた男」とか「ニヤけたとっちゃん坊や」としました。

この戯曲を上演する場合は、佐渡を演じる人の特徴にセリフを変えて下さい。「人間か犬か分かんない」とか「先祖は魚」とか、もちろん、愛のない悪口にはならない範囲で、あくまでシャレになるチャーミングな、笑えそうな描写にして下さい。

佐渡は外見は、どんなタイプでもかまいません。要は「クリエイターになりたい」「自分には才能があると思いたい」「天才になりたい」という思いをこじらせれば、それが佐渡です。でも、こういう「不可能を願う気持ち」「自分を持て余す感情」「自分への過剰な期待」は、誰にもあると思います。佐渡は人より少し不器用なので、その思いが強く振り回されてしまったのです。

青井から青井Bへの変身の特徴も、俳優によって変えて下さい。作者としてのお願いは、青井より青井Bがかなり太っていることです。

虚構版では、青井と青井Bを演じた俳優の年齢が近かったので、ただ「太った」ということをメインにしました。ネットワーク版では、青井を演じてくれた岡本玲さんと青井Bの藤田記子さんとは、年齢が違っていたので「老けている」というのも特徴にしました。ちなみに、藤田さんは、稽古が始まる前にインフルエンザにかかり、そもそも、そんなに太ってないので、かなり、痩せました。これではまずいと思って、藤田さんの服の下に、演劇業界で「肉」と呼ばれる、太って見えるための詰め物をして演じてもらいました。

青井と青井Bのコントラストが、この戯曲を上演する時の重要なファクターだと思います。

詳しくは、虚構版はDVDが出ています。サードステージのホームページで通販しています。またネットワーク版もやがてDVDを出せたらなあと思っています。

『ホーボーズ・ソング』は、メインの役としては8人。それに、アンサンブルというか、さまざまな役を演じる俳優が5人。男3人、女2人で演じました。最小人数がいったい、何人か検証していません。ひょっとすると、この作品も、声だけで登場人物を現せば、13人より少ない人数で上演できるかもしれません。ただし、戦いの時に、まったく相手がいなくなる可能性があって

（最後の屋上では、５人の兵士が栗原と津島を囲みました）、それでは、戦いの物語としては迫力がなくなる可能性があります。

逆に、兵士の数やビーチの人物の数を増やせば増やすほど、迫力のある上演になると思います。劇中に登場する小泉元総理の発言は、アーカイブ資料映像として買うことができます。そういう商売をしている所があります。ググッて調べてみて下さい。ただし、なかなか、高価です。思い切って紙芝居にするとか、別人が演じる、なんて方法もあると思います。演劇のリアリティは、そういう遊びも受け入れるはずです。

冒頭の水着姿に、「健康的な色気」なんていう恥ずかしいト書きを書きましたが、もし、若い集団で、それなりの人数がいたら、全員が水着になるのも悪くないと思います。

スタイルは気にしなくていいです。別にアイドルのプロモーションビデオを撮るわけではないのです。ただ、「生きているという発散」「人間という生物の謳歌」を伝えることが目的なのです。そして、それを否定するのが政治であり、戦争だとつながればいいのです。

実際の上演では、客席の明かりが落ち暗転になり、いきなり明かりがついた瞬間、目の前に現れた13人の水着の男女の笑い、はしゃぎ、楽しんでいる風景は、自分で書きますが、圧巻でした。なんというか、「生きるエネルギー」そのものを感じました。

俳優達には、二カ月ぐらい前に「水着シーン、あるぞ」と伝えておきましたから、みんな、ちゃんとダイエットして、なかなか素敵なプロポーションになっていました。公演が終わって数カ月後に、一人の女優の脚が別人のように太っているのを見た時、「なるほど、水着のシーンを書くというのは、嫌でもダイエットするっていう意味があるんだなあ」と気付きました。

もちろん、水着のシーンがあっても、まったく痩せなかった女優もいました。「ありのままの自分を見せる」と思ったのでしょう。その気合と根性はたいしたものです。

これも、虚構版のＤＶＤが２０１６年の夏には発売されます。詳しいことを知りたい人は、サードステージからの通販でお求めください。

『ホーボーズ・ソング』は、僕の生まれ故郷、愛媛県新居浜市にできたばかりの『あかがねミュージアム』でも上演しました。僕自身、作家・演出家になって35年、自分の作品を故郷で上演するのは、初めてのことでした。「自分の故郷」というだけで、劇団の公演スケジュールを決定するのは、なんだか、とても私物化しているような感じがして嫌だったのです。それが、故郷に新しい劇場ができるようになり、何年も前から芸術アドバイザーになった関係で、とうとう、自分の作品を上演することにしました。

劇場には、二つの意味が求められます。「親しみ」と「尊敬」です。

「親しみ」は、簡単に上演できる場所になることです。地方の劇場ですから、いろんな形で住民に使ってもらわなければいけません。使ってもらえば、そこから、ネットワークが広がるのです。カラオケ大会でも詩吟大会でもロックのライブでも、なんでもいいのです。それが「親しみ」です。けれど、もうひとつの面は「尊敬」です。かつて、その劇場で魂を震わせる作品を見た。今、自分はその劇場の同じ舞台の上に立っている。あの名作を見た劇場と同じ空間に立っている。それが劇場に対する「尊敬」です。

劇場はこの二つの面がなければ、うまく機能しないのです。尊敬だけでは、じつに敷居の高い場所になって、人は集まらなくなります。親しみだけでは、深く質の高い文化は生まれません。『ホーボーズ・ソング』の新居浜上演では、たくさんの中学生、高校生が見に来てくれました。市役所がチケットを一定数買ってくれて、それを中学生、高校生に配ったのです。

僕が中学生や高校生の時、新居浜市には、まだ「演劇鑑賞会」（その当時は、「労演」と呼ばれていました）があって、数カ月に一度、東京から演劇を呼んでいました。

十代だった僕は、一本一本を食い入るように見ました。今でも、舞台の風景を鮮明に思い出すことができます。芝居を見る機会がなかったからこそ、一本一本が深く記憶に刻まれたのです。

大学に行くために東京に出て行った時に、毎週のように芝居を見ていた東京出身者に会いました。彼ら彼女らは、毎週、伝説になるような作品を見ていたからこそ、一本一本の印象がじつに薄いようでした。

見た数ではないんだと、その時、僕は思いました。四国の愛媛にいて、東京生まれの人間の何十分の一しか芝居を見ていなくても、一本一本、心に刻んでいれば、芝居の世界でも生きて行けるんだと僕は気付きました。

今、新居浜にはもう「演劇鑑賞会」はありません。新居浜の十代が東京から来る芝居を見る機会はありません。

僕は、『ホーボーズ・ソング』の客席に座る中学生、高校生を見ながら、この中の一人でも、見てよかったと思える若者がいたらいいなあ、この作品が、新しい劇場の「親しみ」だけではなく「尊敬」の切っ掛けになればいいなあと、自分で言うと恥ずかしいので、心の中で思いました。

57歳の僕が、14歳の時に見た芝居のシーンをはっきり覚えているように、『ホーボーズ・ソング』を57歳まで覚えていてくれる生徒がいたら素敵だなあと思っていたのです。

『イントレランスの祭』の稽古真っ最中に

鴻上尚史

KOKAMI@network vol.14 『イントレランスの祭』

〈東京公演〉
日程：2016年４月９日（土）～４月17日（日）
会場：全労済ホール／スペース・ゼロ（全労済文化フェスティバル2016参加）
〈大阪公演〉
日程：2016年４月22日（金）～24日（日）
会場：シアターBRAVA!
〈東京凱旋公演〉
日時：2016年４月29日（金）～５月６日（金）
会場：よみうり大手町ホール

◉作・演出
鴻上尚史

◉CAST
風間俊介　岡本玲
久ヶ沢徹　早織　福田転球　藤田記子　三上陽永　田村健太郎
大高洋夫
木村美月　池之上真菜　梅津瑞樹　佐川健之輔

◉STAFF
美術：松井るみ
音楽：河野丈洋
照明：中川隆一
音響：中島正人
振付：川崎悦子
衣裳：山下和美
ヘアメイク：西川直子
映像：冨田中理
アクションコーディネーター：藤榮史哉
演出助手：渡邊千穂
舞台監督：澁谷壽久

演出部：中山宣義　宇野圭一　竹内章子　大刀佑介　藤岡文吾
照明操作：林美保　国吉博文　大竹真由美

大道具：C-COM舞台装置
記録写真：田中亜紀
記録映像：板垣恭一
パンフレット写真：引地信彦
小道具：高津映画装飾
ホームページ制作：overPlus Ltd.
制作協力：PRAGMAX & Entertainment
制作：関島誠　倉田知加子　荒川真由子
プロデューサー：細川展裕

●協力
大高洋夫
浅野康之　飯田征寛　江幡朋子　近藤茶　田仲カヲリ　若宮亮
小泉美都　内田純平　藤本典江

プリッシマ　ソニー・ミュージックアーティスツ　アンドフィクション
1994 Co., Ltd.　ヴィレッヂ　Aプロジェクト　エムキチビート
オフィス新音　芸能花伝舎　K5　シムスタジオ　Selfimage Produkts
トーマネ　日本芸能美術　花大　BEATNIK STUDIO　vitamins　マイド
㈱丸藤　融合事務所

虚構の劇団　第８回公演『イントレランスの祭』

〈東京公演〉
2012年10月30日（火）～11月11日（日）
会場：シアターサンモール
〈大阪公演〉
2012年11月23日（金）～25日（日）
会場：ABCホール

◉作・演出
鴻上尚史

◉CAST
小沢道成　小野川晶　杉浦一輝　三上陽永　渡辺芳博
大杉さほり　伊藤祐輝　富山恵理子
／古河耕史

◉STAFF
美術：池田ともゆき
音楽：HIROSHI WATANABE
照明：伊賀康
音響：堀江潤
振付：川崎悦子
アクション：藤榮史哉
ヘアメイク：西川直子
衣裳：森川雅代
映像・宣伝美術：冨田中理
舞台監督：松下城支／中西輝彦
音響操作：大西美雲
照明操作：斉藤拓人
振付助手：関川慶一
ヘアメイク助手：木村久美
衣裳助手：山中麻耶
演出部：佐藤昭子　大刀佑介　伊達紀行　斎藤菜月　佐藤慎哉
　　　　松尾羽流　山崎優
演出助手：元吉庸泰

舞台監督：中西輝彦
音響操作：中島正人
照明操作：石井宏之　榎本祐里
衣裳助手：山中麻耶　田中陽香
演出部：成田里奈　藤岡文吾　田原愛美　小柳馨　帯刀菜美　内田みのり
谷島正寿　早川貴久　奈良弥春　伊達紀行　大刀佑介
演出助手：佐藤慎哉
大道具：C-COM舞台装置
小道具：高津映画装飾
映像提供：NHK
宣伝美術：末吉亮（図工ファイブ）
宣伝写真：坂田智彦＋菊地洋治（TALBOT.）
ホームページ制作：overPlus Ltd.
舞台写真：引地信彦
当日運営：石塚洋平
制作：倉田知加子　池田風見　福岡彩香

◉協力
太田裕二　斉藤真希　角田知穂　仲里良　牧野剛千　山本貴仁　和合美幸
関取花　河野丈洋
Aプロジェクト　BEATNIK STUDIO　overPlus Ltd.　TALBOT.　vitamins 1994 Co.,Ltd.　オフィス鹿　オフィス新音　芸能花伝舎　劇団鹿殺し
SIMスタジオ　ジャパンアクションエンタープライズ　図工ファイブ
フルーツハウス太田農園　マイド　融合事務所

［東京公演・大阪公演・内子公演］
平成27年度文化庁文化芸術振興費補助金（トップレベルの舞台芸術創造事業）
［大阪公演］
助成：大阪市
提携：近鉄アート館
［香川公演］主催：四国学院大学
［新居浜公演］主催：あかがねミュージアム運営グループ
［内子公演］後援：内子町・内子町教育委員会

制作協力：サンライズプロモーション東京　キョードー大阪
制作部：倉田知加子　池田風見　福岡彩香
企画製作：サードステージ

虚構の劇団　第11回公演　『ホーボーズ・ソング〜スナフキンの手紙Neo〜』

〈東京公演〉
2015年8月25日（火）〜9月6日（日）
会場：東京芸術劇場 シアターウエスト
〈大阪公演〉
2015年9月11日（金）〜13日（日）
会場：近鉄アート館
〈香川公演〉
2015年9月17日（木）〜19日（土）
会場：四国学院大学　ノトススタジオ
〈新居浜公演〉
2015年9月22日（火）〜23日（水）
会場：あかがねミュージアム（新居浜市総合文化施設）　多目的ホール
〈内子公演〉
2015年9月26日（土）〜27日（日）
会場：内子座

◉作・演出
鴻上尚史

◉CAST
小沢道成　小野川晶　杉浦一輝　三上陽永　渡辺芳博　森田ひかり
木村美月　池之上真菜　梅津瑞樹　熊谷魁人　佐川健之輔
／オレノグラフィティ　佃井皆美

◉STAFF
美術：池田ともゆき
音楽：HIROSHI WATANABE
照明：伊賀康
音響：原田耕児
ヘアメイク：西川直子
衣裳：森川雅代
振付：関川慶一
アクション・コーディネーター：藤榮史哉
映像：冨田中理

鴻上尚史（こうかみ しょうじ）

1958年愛媛県生まれ。

早稲田大学法学部卒業。在学中に劇団「第三舞台」を結成、以降、作・演出を手がける。1987年「朝日のような夕日をつれて'87」で紀伊國屋演劇賞、1992年「天使は瞳を閉じて」でゴールデン・アロー賞、1994年「スナフキンの手紙」で第39回岸田國士戯曲賞、2009年「虚構の劇団」旗揚げ三部作「グローブ・ジャングル」で読売文学賞戯曲賞を受賞する。2001年、劇団「第三舞台」は2011年に第三舞台封印解除＆解散公演「深呼吸する惑星」を上演。現在は「KOKAMI@network」と「虚構の劇団」で活躍中。また、演劇公演の他にも、映画監督、小説家、エッセイスト、脚本家としても幅広く活躍中。近著に、「ハッシャ・バイ／ビー・ヒア・ナウ［21世紀版］」（白水社）、「コミュニケイションのレッスン」（大和書房）、「八月の犬は二度吠える」（講談社文庫）、「朝日のような夕日をつれて［21世紀版］」「ベター・ハーフ」（論創社）、「クールジャパン!?――外国人が見たニッポン」（講談社現代新書）など。

イントレランスの祭／
ホーボーズ・ソング～スナフキンの手紙Neo～

2016年4月10日　初版第一刷印刷
2016年4月20日　初版第一刷発行

著　者――鴻上尚史

発行者――森下紀夫

発行所――論創社
東京都千代田区神田神保町2－23　北井ビル
tel. 03 (3264) 5254　fax. 03 (3264) 5232
web. http://www.ronso.co.jp/
振替口座　00160－1－155266

装丁――図工ファイブ
組版――永井佳乃
印刷・製本――中央精版印刷

ISBN978-4-8460-1527-5

論　創　社

朝日のような夕日をつれて

21世紀版

◉鴻上尚史

演劇の歴史に残る名作、
待望の改訂21世紀版！
玩具会社で新商品開発に
明け暮れる５人の姿と
『ゴドーを待ちながら』
（サミュエル・ベケット）
の世界が交錯する物語。

本体2000円

ベター・ハーフ

◉鴻上尚史

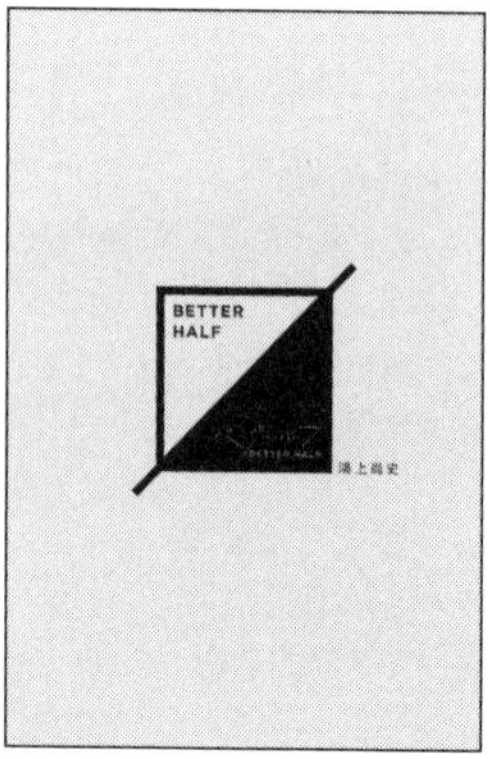

「ベター・ハーフ」とは、
自分が必要とする、もう
一人のこと。始まりは嘘
と誤解だった……。若い
男女と、中年の男と、ト
ランスジェンダーの女性
の四人がぶつかり、笑い、
別れ、慰め、歌い、闘う
恋の物語。

本体2000円

好評発売中